Hendrik Heidler

Phil Beulentiegel

Ein wahrer Schelmenroman

*

Von einem,
der auszog die Wahrheit zu finden

Narrenreich, im Jahre gleich

Hinweis

Die in diesem Buch wiedergegebenen Informationen sind nach bestem Wissen und Gewissen dargestellt und wurden mit größtmöglicher Sorgfalt geprüft. Da sie im Bedarfsfall den kritischen Blick nicht ersetzen, sondern lediglich Anregung sein können, ist es erforderlich stets die eigenen Sinne und den eigenen Kopf zu verwenden. Autor und Verlag übernehmen keinerlei Haftung für Schäden oder Folgen, die sich aus Nichtgebrauch, Leugnung oder Verurteilung der hier vorgestellten Wahrheiten ergeben.

Über den Autor

Hendrik Heidler, geboren 1961, wohnt seither in Scheibenberg/Erzgebirge; Dipl.-Ing. für Elektronik; Konstrukteur in Forschung und Entwicklung; Nach 15 Jahren Aufgabe seines Unternehmens für neuen Lebensweg: Ausbildung in Klassischer Homöopathie; Heilpraktik, Phytotherapie, Hospiz, Spiritueller Medizin sowie Intensivweiterbildung/Ausbildung, Erfahrung und Einweihung in lebendigem Schamanismus; seit 2008 in eigener TraumzeitPraxis tätig; Kräutermann, Geschichtenerzähler und Buchautor; Durchführung von Kräuterführungen, Bildvorträgen und Märchenstunden; Vater von fünf Kindern.

2. erweiterte Auflage, 2022
Copyright © 2020 Hendrik Heidler, Scheibenberg

Bibliografische Information der Deutschen Nationalbibliothek: Die Deutsche Nationalbibliothek verzeichnet diese Publikation in der Deutschen Nationalbibliografie; detaillierte bibliografische Daten sind im Internet über www.dnb.de abrufbar.

Satz, Layout und Zeichnungen: Hendrik Heidler
Titelgrafik: Tobias Heidler
Lektorat: Sebastian Steger
Herstellung und Verlag: BoD – Books on Demand, Norderstedt
Made in Tiegelzeit
ISBN: 9783756227945

Phil

Kann eine Welt wirklich so verrückt sein, dass sie allen als normal erscheint? Und, kann es sein, dass erst ein vermeintlich einfältiger Typ diese Verrücktheiten sichtbar machen kann? Dann ergibt sich die dritte Frage: Wer ist eigentlich verrückt?

Ist es Phil – oder sind es diejenigen, denen er unbeabsichtigt *den gutpolierten Tiegel vor die Nase kracht*, wenn er macht, was er für richtig hält – weil er glaubt, was gesagt wird?
Stell Dir vor, Du bist die ehrlichste Haut auf der Welt. Träfe dann nicht auch in diesem Falle das Sprichwort zu: *„Was ich selber denk und tu, das trau ich auch andern zu?"*
Du setztest Ehrlichkeit auch dann voraus, selbst wenn sie Dich erschütterte. Und weil Du sie für richtig hältst und darum prompt machst, was von solchen *„ehrlichen"* Menschen geäußert wird, stürmtest Du, vom Fußballtrainer gut instruiert, auf die gegnerische Mannschaft los und schlägst sie vernichtend. Und ich meine dieses Wort *„vernichtend"* genau im Sinne seiner Bedeutung. Da gäbe es für Dich nichts zu wackeln, vernichten heißt vernichten, basta!

Findest Du das überzogen? Ja, entrüste Dich ruhig!

Doch vielleicht gibst Du ihm ja doch ein kleines bisschen Recht: Dem Phil, der ohne zu wollen diese ach so normalen Gewohnheiten, diese verrückte Normalität auf

Schritt und Tritt aufwühlt und sichtbar macht. Ihm geht es wie so vielen anderen, er will nur das Beste, aber die alltäglichen Gegebenheiten machen ganz was anderes draus. Es ist aber auch verrückt, wie unsichtbar das vor unser aller Augen Liegende sein kann.

In meiner Not, es sichtbar zu machen, kam mir Phil zu Hilfe. Phil Beulentiegel, der sich aufmachte, bloß um Arbeit zu finden und mir dabei auf überraschende Weise höchst verrückte Wahrheiten in die Hände spielte ...

Hendrik Heidler
am Spiegelberg, im Tiegelland
irgendwann in der närrischen Moderne und
etwas danach

PHIL BEULENTIEGELS VORSPIEGEL

Phil galt als Nichtsnutz. Sein Vater sah ihn tausendmal lieber im Bett liegen und bunte Heftchen anschauen als mit ihm zusammen etwas zu werkeln. Nicht, weil er keine Hilfe benötigte, denn die brauchte er dringend. Nein, das war es nicht. Es lag vielmehr an der sonderbaren Gabe seines Sohnes, am Ende mehr Aufwand zu verursachen, als vorher eigentlich anstand.

Seine Mutter dagegen lamentierte tagaus tagein über den unersättlichen Hunger ihres Jungen. Dieser war so groß als hätte Phil ein schwarzes, unersättliches Loch in seinem Bauch. Schon als kleiner Junge konnte er anstandslos alle Klöße verdrücken und dazu die beiden Enten für die gesamte Familie. Die bestand immerhin aus neun Personen, Vater und Mutter, seine sechs Geschwister und manchmal kamen die Großeltern noch hinzu. Aber sie alle hatten ihn trotzdem sehr lieb. Warum wussten sie auch nicht zu sagen. Es war eben so.

Trotzdem riss seiner Mutter eines Tages einmal die Hutschnur, was sich als heftiger Schlag mit dem Tiegel hinter seinen Ohren äußerte. Das war neu. Der inzwischen groß gewachsene Junge bekam davon eine mächtige Beule. Seitdem nannte er sich stolz Phil Beulentiegel. Doch bewirkte dieses denkwürdige Ereignis noch etwas, bis dahin undenkbares: Phil lag tagsüber nie mehr in seinem Bett, sondern folgte seinem Vater auf Schritt und Tritt, um von ihm das Arbeiten zu lernen. Was jener allerdings nur etwa drei Tage lang aushielt, bis er seine bäuerliche Selbstständigkeit aufgab, um fortan als Pendler die Woche über sein Geld in fernen Landen zu verdienen.

Was Phils Begeisterung eher noch steigerte. Also entschied er in einer schlaflosen Nacht sein Glück in einem der geheimnisvollen Ämter für fleißige Arbeit zu suchen. Ab sofort wolle er auf eigenen Beinen durchs Leben gehen. Und nicht mehr wie vor dem Tiegelschlag auf seiner faulen Haut herum liegen und Omas gestickten Wandteppich studieren. Auf dem stand in schnörkeliger Schrift geschrieben:

„Ohne Fleiß kein Preis!"

„Ich will arbeiten!", verkündete Phil Beulentiegel begeistert und auch feierlich einer blutleeren, nicht mehr ganz jungen, doch umso modischer gestylten Dame. Allerdings überraschte ihn das Fehlen jeglicher Reaktion auf seine freundliche Ansprache hin. Sie saß da und blickte angestrengt auf eine verkehrt herum liegende Liste. Für Phil stand fest: Diese arme Frau litt an schlimmer Taubheit und war dazu auch noch fürchterlich sehbehindert. Das kannte er von seiner Uroma, genau so! Wie er bereits als kleiner Junge lernen durfte, half es wunderbar ihr eine mittelprächtige Ohrfeige zu geben, um ihre Aufmerksamkeit zu erregen; auch deshalb, weil sie oft vor sich hin döste und nur auf diese Weise erreichbar war. Also holte er recht kräftig aus, und klatschte der Empfangsdame in tiefem Mitgefühl eine auf die linke Wange. Nicht, weil er die Geschichten

über Jesus gut kannte, sondern weil sich das schlicht aus seiner Rechtshändigkeit so ergab. Zu seiner höchsten Überraschung lächelte ihn diese arme Frau jedoch gar nicht so freundlich und verschlafen an, wie es seine Urgroßmutter zu tun pflegte. Im Gegenteil, einen solchen Wutausbruch mit solch garstigen Worten, was er für ein Dreck sei, erlebte Phil bisher noch nie. Außerdem schrie sie so schrill, wie es die Ferkel auf seines Vaters Hof zu tun pflegten, wenn er sie als kleiner Junge an ihren Ringelschwänzchen zog.

Offenbar schien diese arme Frau nicht ganz richtig im Kopf zu sein, entschied Phil. Hastig zog er sein Mobiltelefon heraus, was ihm eigentlich nichts nützte. Längst hatte es sein Vater gesperrt. Nur die Notrufnummer ließ sich betätigen. Die kostete keine Gebühren und verfügte über einen automatischen Ansagetext. Vater hatte selbigen in gar nicht so weiser Voraussicht drauf gesprochen. Auf den dafür extra vorgesehenen Knopf drückte Phil und wartete.

Nach wenigen Augenblicken begann sich die gläserne Drehtüre mächtig zu drehen. Zwei, in schickem Orange gekleidete Herren traten ein. Zielstrebig liefen sie auf ihn zu. *„Sind sie der Mann?"* Phil nickte stolz. So hatte ihn bisher noch keiner gerufen.

„Dann kreuzen sie mal das hier an!", forderte ihn einer der feinen Herren auf und tippte auf ein schwarz umrandetes Kästchen. Begeistert von soviel Ehrerbietung ließ sich Phil nicht zweimal darum bitten. Er kreuzte.

„Und unterschreiben Sie hier", bat der Herr nun. Phil unterschrieb.

So kam Phil an diesem denkwürdigen Tag und auf sehr unauffällige Weise dazu, fortan als Ehemann eben jener Dame zu gelten, die sich nun mit hochrotem Kopf näherte.

Phil gab den feinen Herren ein Zeichen, sich an die Stirn tippend und so. Elegant stimmten sie sich ab. Einer sprach die Dame höflich an, während ihr der andere in geübtem Schwung eine gut gefüllte Spritze in den Allerwertesten jagte. Es wurde still. Die Dame lächelte. Und wie ein zahmes Hündchen, vielleicht einem Mops ähnlich, ließ sie sich durch besagte Drehtür nach draußen geleiten.

Zufrieden mit seiner Hilfeleistung begab sich Phil zurück zur Anmeldung. Eine weitere Dame – ebenfalls hervorragend gestylt und offenbar intensiv damit beschäftigt, sich von der vorherigen Aufregung um ihre Kollegin nichts anmerken zu lassen – blickte also tiefsinnig auf die vor ihr liegenden Papiere, eine Liste, wie es schien. Damit war das Thema „Hilfe" vom Tisch. Auch sie war sich selbst am liebsten die Nächste. Womit sie sich in gutem Einklang mit der Bibel wusste.

*

„Ich will arbeiten!", verkündete Phil Beulentiegel erneut, immer noch begeistert und sich seiner sehr gewiss, diese äußerst beschäftigte Dame würde das zu schätzen wissen. Doch dem war nicht so.

Finsteren Blickes ob der ungebührlichen Unterbrechung blickte die eben noch schier unerreichbar tätige Dame seinerseits Phil an als habe sie einen Geist vor sich, währenddessen sich ihr Fuß bereits des Alarmknopfes versicherte. Nein, in all den Jahren hier wünschte sich noch keiner Arbeit. Hier stank ganz sicher etwas gewaltig zum Himmel. Misstrauisch ließ sie ihre perfekt nachgezeichneten Augen schweifen, irgendwo vielleicht Anzeichen für eine versteckte Kamera oder ähnlich unverständliche Späße zu entdecken. Oder, sie erschrak bei diesem Gedanken zutiefst, ihr Chef wolle sie überprüfen. Aber nichts dergleichen ließ sie entdecken. Hingegen entdeckte sie die erneut herein tretenden Herren in Orange. Ihrem Fuß war es offenbar gelungen, auch ohne ihre ausdrückliche Erlaubnis besagten Notwehrknopf zu drücken. Nur wenige Meter trennten die rettenden Sanitätern von diesem Verrückten vor ihr. Um die erforderliche Zeit dahin zu überbrücken, spulte sie die auswendig gelernte Regel ab, nie zu provozieren, ja, im Falle der Not sich durchaus gefügig zu geben. Schlecht sah der Junge gar nicht aus, wie die sich fein zeigende Dame eingestehen musste. Eigentlich zu schade, ihn sich entgehen zu lassen. Sie seufzte und drückte ihr Dekolleté gekonnt über die Tastatur in Position. Phil staunte. Zuerst, doch dann wurde ihm Angst, nicht um sich selbst, aber um den guten Ruf der Dame. Schon sah er munter deren Brüste aus der Bluse hüpfen. Ein Notfall für jeden Gentleman und für einen solchen hielt er sich. Also griff Phil zu. Kräftig drückte er die wohlgeformten Berge zurück in deren Ruhelager, allein, sie schienen einfach nicht still darin liegen zu wollen. So sehr er sich auch mühte, ihm erschien das Kreischen der Dame als Aufforderung sein letztes zu geben, sie doch endlich aus dieser schamvollen Not zu erretten. Entschlossen kniete sich Phil nun auf die Konsole des Empfangs und drückte und stopfte, was er nur konnte. Glücklicherweise eilte ihm nun tatkräftige Hilfe entgegen. Freudig bat er sie, ihm gehörig Unterstützung zu schenken, er könne bald nicht mehr, zu unbändig unanständig gebärdete sich der Dame dreister Vorbau. Entgegen seiner Hoffnung, stellten sich ihm bei seiner uneigennützigen und daher edlen Rettungsaktion einer Dame in Not nun leider, so musste er feststellen, neue, unvorhergesehene Widerstände in den Weg: Die beiden Herren in Orange! Anstatt zu tun, was jeder anständige Mann, so Phils schlichte Überzeugung, in dieser außergewöhnlich dramatischen Lage für die Dame augenblicklich getan hätte, eben deren Blöße zu bedecken, schien denen gar nicht in den Sinn zu kommen. Aber nicht nur das! Ganz im Gegenteil rissen sie Phils sich uneigennützig mühenden Hände aus der Dame Dekolleté und nahmen ihn in ihre Mitte. Auf diese Weise führten sie ihn aus dem Amt für fleißige Arbeit hinaus. Sich hilflos aufbäumend und um der Dame Ruf bangend, wandte er sich nach ihr um und schrie, in Bälde wieder zurück zu sein, um sie doch noch zu erretten. Es könne sich nur um ein Missverständnis handeln. Wie recht Phil damit hatte, konnte er in diesem Moment nicht wissen.

Sie blickte ihm nach und seufzte, ob der notwendigen Show, die sie leider kreischend abziehen musste. Zu schade aber auch... noch lange würde sie Phils kräftig sanften Hände auf ihrer liebesbedürftigen Haut spüren.

Mit schönen, blauen Lichtspielen und lauten Fanfarenklängen, ganz für ihn persönlich ertönend, so glaubte Phil, wurde er in einem orange geschmückten Fahrzeug von dannen gefahren.

Als ihm jedoch die Arme an die Liege geschnallt werden sollten, erinnerte sich Phil an den Grund seines Reisens und sprach also: *„Ich will arbeiten!"* Anschließend streckte er beide, seiner Meinung nach verräterischen Herren nieder, öffnete die Hecktüre des Rettungswagens und sprang.

Ihm war gleich, was mit ihm geschah, Hauptsache Arbeit.

Was ihm nach seinem Prall gegen die Motorhaube, des nachfolgenden Fahrzeuges infolge augenblicklich auftretender Ohnmacht entging war die Tatsache, dass Arbeit nicht unbedingt mit Freude verbunden sein musste. Wäre er bei Sinnen gewesen, dann hätte es Phil zutiefst verwundert, weshalb sich der Notarzt nicht höchst erfreut über die Arbeit zeigte, welche Phil ihm so uneigenützig verschaffte. Trotzdem machte der Arzt seine Sache gut, reine Routine, wie es schien und Phil ward von einer resoluten Schwester davon geschoben, in ein Einzelzimmer – von außen verschließbar. Für sie war er der Verrückte, der Arbeit suchte. Da konnte man nie wissen.

*

Phil erwachte. Ihm kribbelte die Nase, aber entgegen seiner bisherigen Gewohnheit, sich selbst an selbiger zu kratzen, blieb seine rechte Hand dort, wo sie war. Ihresgleichen auch die linke. Verwirrt richtete er sich auf, allein, es blieb bei dem Gedanken, folgte ihm doch auch sein Körper nicht, der nahezu komplett eingegipst war. Ich träume, beschied Phil und beschloss einzuschlafen. Denn, seine Überlegung, wenn ich wach bin und einschlafe, erwache ich im Traum. Also werde ich wach, wenn ich im Traum einschlafe. Beruhigt von diesem kühnen Gedanken, schlief er tatsächlich augenblicklich ein.

Erfrischt von gutem Schlaf erwachte er und dehnte genüsslich seine jungen Glieder. Dann schlug er seine Augen auf. Zu seiner großen Überraschung befand er sich in diesem Amt für fleißige Arbeit. Besagte Dame in Not blickte ihn freundlich an und war zu seiner Zufriedenheit gut verpackt in hochgeschlossener Bluse. Dem Scheine nach war es ihm doch gelungen, ihre widerstrebenden Brüste zu bezähmen. Heiter ging er auf sie zu, endlich, endlich seinem Wunsch nach Arbeit erneut Ausdruck verleihen zu können. Die Chancen standen gut, wie er wahrzunehmen glaubte. Auch sie auffallend heiter, erhob sich, trat von hinter dem Tresen der Anmeldung vor und lief, nein, schwebte fast, einem Engel gleich, auf Phil zu. Entrückt von deren kirschrot geschminkten Mund – wobei Phil freilich unbedarft der festen Überzeugung anhing, der Dame Lippen seien von Natur aus mit kräftiger Röte gesegnet – streckte er seine Arme aus, sich auf der Mitte mit ihren glücklich zu begegnen. Ganz nah schon waren sie

sich. Dampfende Wärme verspürte er an seinem Gesicht. Schon berührten sich ihrer beide Lippen als ein grässlicher Schlag auf seine linke Wange den lieblichen Zauber vertrieb. Phil öffnete die Augen und sah gerade noch, wie die Hand einer weiß gekleideten Dame, einem Engel nun weniger ähnlich, ein weiteres Mal auf ihn zusauste und schmerzvoll die Wange traf. *„Wach werden!"*, krächzte zu gleicher Zeit eine Stimme, den Krähen ähnlich.

Phil beschied ein weiteres Mal zu träumen, was hieß, sich gleich wieder dem Schlafe hinzugeben. Diesmal träumte Phil nicht von kirschroten Lippen. Wie im Kino sah er sich selbst von außen. Bin ich tot?, fragte er sich und erschrak. Sein Opa hatte ihm oft allerlei lustige Geschichten vom Krieg erzählt. Einmal, wobei Opa nicht lachte, habe es ihn erwischt gehabt. Da sei er über sich selber schwebend gewesen und habe erlebt, wie der Feldscher während der OP allerlei Witze über seine große Nase gemacht habe. Aber hier war etwas anders als in Opas Erzählung. Phil sah sich nicht ohnmächtig unter sich, sondern hellwach mit offenen Augen. Und er blickt sich selbst an. Da begriff Phil erleichtert, in einen Spiegel zu blicken. Von einer Couch aus und an deren Kopfende saß ein sanftmütiger Mann in dunklen Kleidern. Er hielt ein Heft in der Hand, worin er etwas notierte. Phil hatte wohl doch nicht geträumt, sondern war erwacht als er glaubte, sich träumend vor der harschen Krankenschwester aus dem Staub machen zu können. Im Traum träumen, so war das und Phil erinnerte sich, in Behandlung, warum auch immer, bei einem Psychologe zu sein. Das er für etwas meschugge im Kopf gehalten wurde, weil er ar- beiten wollte, entging ihm völlig.

Jedenfalls vergingen die Wochen, bis Phil als geheilt entlassen wurde. Nicht, weil er fortan darauf verzichtete, arbeiten zu wollen, nein, das nicht. Aber schlau, wie Phil durchaus war begriff er, erst einmal in Worten auf seine Herzensangelegenheit zu verzichten und „Arbeit" nicht mehr in den Mund zu nehmen. Der Psychologe freute sich, über sich selbst und Phil über dessen schlichtes Gemüt, ihm das zu glauben.

Gut erholt und gewappnet für die bevorstehenden Suche nach Arbeit schritt Phil hinaus in die Welt, feierlich zumal als ob sie nur auf ihn wartete. So fühlte er sich. Was er wirklich dabei erlebte – nichts von allem ist gelogen –, das zu erfahren lade ich Sie ein, mich durch folgende, unzusammenhängend gezeigte *Tiegelbilder* zu begleiten.

*

Phils Suche, um süchtig zu werden

Tiegelbild 1 |

„Sucht hat immer etwas mit suchen zu tun", erklärte ihm der Psychologe im Brustton tiefer Überzeugung. Daran erinnerte sich Phil als er dessen luxuriöses Haus verließ. Diesen Satz hatte der Fachmann für seelische Angelegenheiten lange geübt. Vor dem Spiegel. Aber davon wusste Phil nichts. Er staunte schlicht uneingeschränkt über dessen Weisheit. So einfach ist das also, dachte Phil. Also machte er sich auf, süchtig zu werden. Denn, so glaubte er nach dem Gespräch unerschütterlich, wenn ich nur gehörig süchtig bin, finde ich endlich auch Arbeit. Weil ich dann ja besonders eifrig suche.

Sein Weg führte ihn zufällig an einem Tabakwarengeschäft vorbei. In dem gab es auch Schnaps. Davon hatte er schon gehört. Außerdem erinnerte er sich an seinen Vater. Der sagte immer zu seiner Mutter: *„Ich geh dann mal arbeiten!"* Dabei war ihm Phil einmal hinterher geschlichen. Vater setzte sich dann immer auf einen Ballen Stroh, aus dem er eine Flasche herausangelte. Aus der nahm er einen kräftigen Schluck. Anschließend begann er zu lächeln und sprach vor sich hin: *„Ah, arbeiten tut so gut."*

Phil fragte den Verkäufer, welche der Flaschen am schnellsten süchtig macht. Der drückste zuerst herum und wies nach einiger Zeit auf eine golden verzierte mit hohen Prozentangaben. Und ebenso hohen Angaben zum Verkaufspreis. Phil nahm sie, drehte kurzerhand den Verschluss von der Flasche und nahm einen solchen kräftigen Schluck wie sein Vater. Dann wartete er, bis sich endlich Arbeit einstellte. Aber sie kam nicht. Er wunderte sich und glaubte, der Verkäufer habe ihn unrecht tun wollen. Gerade als Phil sie wütend wieder ins Regal stellen wollte, fiel sein Blick auf eine schön gestaltete Dose. Ganz rund war sie und obenauf stand in dicken schwarzen Buchstaben auf weißem Grund geschrieben: „*Rauchen macht süchtig!*" Phil war begeistert. Er bedachte den Verkäufer mit einem strafenden Blick. Behutsam, als sei sie ein rohes Ei, nahm der die Dose und hielt sie diesem vors Gesicht. Inzwischen hatte er, der Verkäufer alle Versuche aufgegeben, irgendwie zu verstehen, was dieser ungewöhnliche Kunde eigentlich bezweckte. Er hoffte nur, es verberge sich kein besonders raffinierter Tabakwarenvertreter hinter dem seltsamen Getue. Also entschied er, allem beizupflichten, nur eben nichts zu kaufen, falls es sich doch um einen Vertreter handelte. Inzwischen tippte Phil auf besagtem Aufdruck. Mehr nicht. Dann bezahlte er und verließ den Laden. Daraufhin verstand der Verkäufer erst recht nichts von dem soeben Erlebten.

Von nun an setzte sich Phil jeden Abend hin und rauchte. Dann wartete er. Nichts. So vergingen ei-

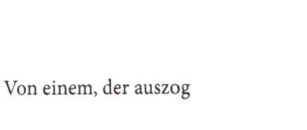

nige Wochen bis Phil begriff, dass der Aufdruck mit betrügerischer Absicht die schöne Dose zierte. Deren Inhalt machte ihn gar nicht süchtig, wie durch diesen versprochen.

Sogleich am nächsten Tag machte sich ein wütender Phil auf, denjenigen zu finden, der für diesen Betrug gesorgt hatte. Die Arbeit musste erst einmal warten. Gerechtigkeit erforderte Opfer. Sein Weg führte ihn wieder in den Tabakwarenladen. Der Verkäufer erschrak und nestelte unter dem Ladentisch bereits an seiner Schreckschusspistole herum. Aber Phil begehrte nur zu wissen, woher der Aufdruck käme. Aus der Fabrik, beteuerte der Verkäufer, die mit dem Tor und den Tabakblättern. Phil war zufrieden mit der Antwort und suchte die Fabrik auf. Das brauchte seine Zeit, weil sie sich weit weg, in der Hauptstadt des Landes befand. Doch dann kam er an. Phil war zum ersten Mal hier. Erstaunt bemerkte er, wie sehr alle Hauptstädter damit beschäftigt waren, etwas auf dem Fußboden zu suchen. Keiner schaute ihm in die Augen, alle blickten nur nach unten. Vielleicht suchen sie auch alle nach Arbeit, grübelte Phil. Dann bin ich hier tatsächlich richtig. Aber erst die Tabakfabrik!

Nachdem er die verschiedensten Verkehrsmittel ausprobiert hatte, stand er endlich vor einem großen Tor. Das sah genau so aus, wie das auf der Tabakdose. Das Firmenlogo, erinnerte er sich an des Verkäufers Erklärung. Er ging hinein. Zu seiner Überraschung kam er jedoch gleich wieder hinten heraus. Das Tor stand einfach nur so auf der Straße herum. Wozu es hier stand, war Phil ein Rätsel. Es bestand aus riesigen

Säulen und oben drauf war eine ziemlich angeschimmelte Kutsche mit ebenso grünen Pferden. Seltsam, dachte Phil. Zur Sicherheit blickte er noch einmal auf die Dose und verglich das Bild vom Tor mit dem Original. Es passte. Nur fiel ihm jetzt noch etwas anderes ein. Vor der Abbildung des Tores waren riesengroße Tabakblätter zu sehen. Fast schien es, das Tor stehe mittendrin. So sehr er sich auch bemühte, fand er sie hier bei dem echten Tor aber nicht. Phil hatte es von allen Seiten genau untersucht. Außer die vielen Pfützen an den Sockeln der mächtigen Säulen nichts, kein grünes Pflänzchen.

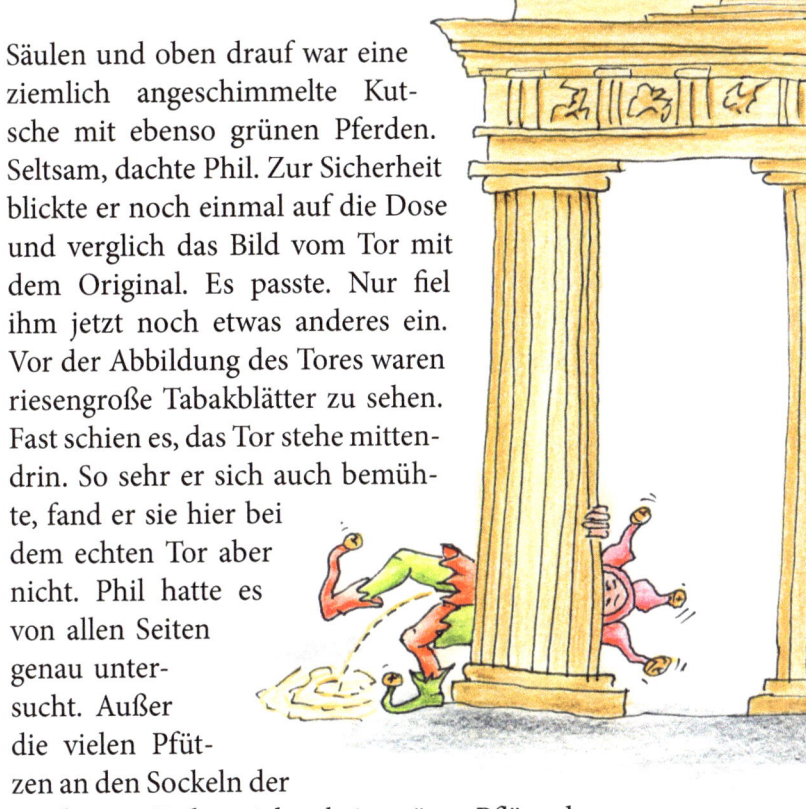

Phil musste mal. Da fiel ihm etwas ein, was sein Großvater erzählte: *„Damals, mein Junge, waren wir noch Männer. Wir pinkelten im Stehen, ganz gleich wo wir waren. Einmal"*, erklärte Phils Opa weiter, *„hatten wir den Russen endlich dazu gebracht, uns nach Berlin zu folgen. Das war unser Plan von Kriegsbeginn an. In der Hauptstadt würde er uns endlich in die Falle gehen. Leider ging der Plan schief, mein Junge. Ich musste mal, das Tor stand offen und ich erleichterte mich. Dabei erwischte mich der Russe. Es war meine einzige Schwä-*

che, im ganzen Krieg und darum verloren wir ihn."
Phil zählte eins und eins zusammen, Tor, mal müssen
und Pfützen und Phil begriff, dass sein Opa ein zuge-
gebenermaßen gewaltiges Pissoir beschrieben hatte.
Hauptstadt eben. Sollte er es trotzdem hier wagen, so
verloren, wie er sich bei dessen Größe vorkam? Aber
da er schon einmal hier war beschied er, es auch zu
nutzen. Vielleicht wird es etwas besonderes, überlegte
er. Danach war er doch recht enttäuscht. Es fühlte sich
auch nicht anders an als zu Hause auf seinem Mist-
haufen.

Aber egal, wie nun weiter? Phil studierte die Büch-
se noch einmal ganz genau. Dabei entdeckte er eine
Adresse. Er machte sich auf den Weg. Irgendwann am
Nachmittag erreichte er das in ziegelrot und weiß ge-
haltene Bürgerhaus. Seine Wut kehrte zurück. Er trat
ein. Ihm gefiel der Duft, der ihn besänftigte. Ein älterer Herr fragte ihn nach seinem Begehr. Phil erklärte
ihm, trotz größter Anstrengung, kein bisschen süchtig geworden zu sein. Das sei Betrug, erklärte er und
bat den geduldig zuhörenden Herrn um Auskunft, ob
er diesen irreführenden Aufdruck veranlasst habe.
Dieser schüttelte heftig seinen Kopf, meinte aber, so
habe er diesen Aufdruck auch noch nicht gesehen.
Aber Phil habe wohl recht. Er solle sich, wie der ältere
Herr nicht ohne ein Schmunzeln ihm riet, sich doch
an unser aller Regierung wenden. Die wüssten sicherlich Bescheid und könnten Phil die Verantwortlichen
für diesen frechen Betrug nennen.

Wenn sie es nicht selbst gewesen seien, murmelte
er noch. Aber da war Phil bereits verschwunden. Re-

gierung, ging es ihm durch den Kopf. Und ihm fiel gleich dieses gemütliche Großmütterchen ein, die zu allen Menschen so freundlich ist und alternativlos verständnisvoll. Einmal hatte er sogar im Fernsehen gesehen, wie sie strammen Soldaten zärtlich das Gesicht tätschelte. Sie hatten unser Land erfolgreich am Hindukusch durch Anzünden von Tanklastwagen just in dem Moment verteidigt, als freche Eingeborene den gefährlichen Diesel stehlen wollten. Sicherlich für Terroranschläge. Mit viel Herzenswärme versprach sie den Männern, ihnen auch weiterhin mit Tat und Geld beiseite zu stehen. Schließlich sollten sie auch Freude an ihrem Job haben. Selbstverwirklichung sei doch schließlich wichtig.

Ja, atmete Phil tief aus, die würde ihn bestimmt verstehen. Es war bereits Abend. Zum Glück brannte noch Licht. Erleichtert lief er auf das große Haus mit dem runden, gläsernen Dach zu. Das braucht auch mal wieder einen Dachdecker, dachte Phil als er sah, dass man direkt in das Haus hinein sehen konnte. Da fehlen aber noch viele Dachziegel.

Phil suchte den Eingang. Er war nicht der Einzige. Ob die auch wegen diesem betrügerischen Aufdruck hier standen? Er fragte seinen Vordermann. Aber der tippte sich nur an die Stirn. Vielleicht versteht er meine Sprache nicht, überlegte Phil und versuchte ihm ausdrucksstark vorzumachen, wie es aussieht, wenn man süchtig ist. Nun dauerte es nicht lange und ein kräftiger und sehr hochgewachsener Mann kam auf Phil zu. Er trug eine Sonnenbrille und war mit einem schönen, dunklen Anzug gekleidet. Abgesehen von der Sonnenbrille wirkte dessen Gesicht wie versteinert. Für Phil stand fest, er kam geradewegs von einer Beerdigung. Hoffentlich, durchzuckte ihn der Gedanke, ist die gutmütige Frau nicht verstorben! Wohin soll ich mich denn dann wenden? Er schob diesen Gedanke beiseite. Umgehend ließ Phil von seinem Vordermann ab und wünschte dem hinzutretenden Trauernden sein herzliches Beileid. Dieser stutzte. Das war die Gelegenheit. Phil fragte ihn sanft, ob er ihn, trotz seines schmerzlichen Verlustes, vielleicht helfen könnte, betreffs dieses hinterhältigen Aufdrucks. Es könnte ja auch vielen anderen so gehen, nicht süchtig zu werden. Gar nicht auszudenken, was das für die Volksgesundheit bedeutete. All die neuen depressiven Menschen, die Armen. Der Trauernde blickte sich um, lächelte zu den Anstehenden und nahm ihn mit. Phil war drin. Große Freude! Er führte ihn durch verschlungene Gänge und bald kam er an eine Tür. Hier solle er warten. Phil wartete. Das konnte er gut. Draußen dunkelte es. Phil wartete. Phil bohrte in der Nase. Phil studierte die vielen bunten Heftchen. Er las und wusste, hier bin ich richtig. Sie ist nur für mich da. Hier steht es. So eine Gute, fast wie seine Mama.

Es öffnete sich besagte Tür. Er wurde hereingebeten und stand vor IHR. Ungestüm küsste er ihre Hand. IHR Hals bekam rote Flecken. SIE drückte die Fingerspitzen beider Hände aneinander. Phil staunte. Ohne hinzugucken, macht SIE das treffend gut. Er war hin und weg und hing an IHREN Lippen, um zu hören, welche Weisheiten diese verließen. Und es verließen sie folgende: *„Die Grünen!"*

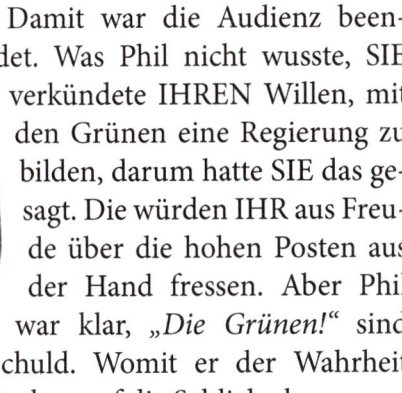

Damit war die Audienz beendet. Was Phil nicht wusste, SIE verkündete IHREN Willen, mit den Grünen eine Regierung zu bilden, darum hatte SIE das gesagt. Die würden IHR aus Freude über die hohen Posten aus der Hand fressen. Aber Phil war klar, *„Die Grünen!"* sind schuld. Womit er der Wahrheit trotzdem auf die Schliche kam.

Mit verschleiertem Blick trat er auf den Gang. Die Grünen, tönte es in seinem Kopf. Die Grünen. Phil stiefelte los. Die Grünen. Da, eine Tür. Daneben ein grünes Schild mit einer Sonnenblume. Die Grünen, stand darauf. Phil wurde wieder wütend. Ohne anzuklopfen – Betrüger bedürfen keines Respekts – trat er die Tür ein und folgte selbiger in den arg verrauchten Raum. Dahinter stand ein schmächtiges Weiblein mit buntem, eindeutig handgestricktem Pulli. Sie hustete fürchterlich. Außerdem roch es mächtig nach Tabak. Augenblicklich verrauchte seine Wut. Die Arme, dachte er, sie müht sich und wird doch nicht süchtig. Sie glaubt selbst an ihre eigenen Sprüche. Sanftmütig erklärte er ihr, sie könne aufhören. Sie schaffe es ja doch nicht. Tabak macht nicht süchtig, sie habe sich geirrt. Der Aufdruck sei falsch.

Und Phil blieb ohne Arbeit.

PHILS GESCHLECHTLICHE PROBLEME

Tiegelbild 2 |

Phil war sehr verwirrt. Er hatte eine Frau aufsuchen sollen. Aber hier stand: „*Herr Professorin*", auf dem Schild gleich neben der Tür. Was denn nun, Herr oder Frau, überlegte er, und kam zu dem Schluss, das es nur ein Schreibfehler sein konnte. Dessen war sich nun Phil gewiss. Er entstammte zwar einfachen Verhältnissen, bäuerlichen zumal, doch eine Professorin konnte kein Herr sein. Auch eine Kuh war kein Bulle. Ein kleines

Kind mochte das verwechseln können, das Euter mit dem „*na Du weißt schon was*", aber eine hochgebildete Professorin, nein, das konnte nicht sein. Sie musste wissen, was DAS an ihr ist... oder eben nicht ist.

Phil erinnerte sich schmunzelnd, als seine jüngere Schwester entschied, längst eine Große zu sein. Die gescheiteste Bäuerin von allen. Mit einer solchen Miene, wie sie sich das Erwachsensein vorstellte, nahm sie sich Melkschemel und Eimer und setzte sich an die Kuh um sie zu melken. Freilich wunderte sich seine Schwester, weshalb das Euter auf einmal so anders wurde. Lange kam keine Milch. Umso mehr strengte sie sich an. Irgendwann wollte sie aufgeben aber dann hatte sie es doch geschafft. Sie staunte, weil sie gar nichts mehr machen musste. Der Eimer füllte sich wie von Zauberhand allein, zwar nicht völlig aber immerhin. Freilich sah die Milch etwas anders aus als gewohnt und die Kuh gebärdete sich wie wild. Trotzdem, sie hatte es geschafft. Nur mit dem Geschmack haperte es etwas. Keiner mochte sie probieren, geschweige denn trinken. Der Vater fragte die Kleine, welche Kuh sie denn gemolken habe. Vielleicht sei sie krank, er wolle nachschauen. Gemeinsam gingen sie in den Stall. Seine Schwester zeigte stolz auf das größte Tier. Was sonst?

Zuerst wurde der Vater blass und die Mutter rot. Dann sahen sich beide an und lachten prusteten los. Seine Schwester hatte den Bullen „*gemolken*". Aber hier, bei der obersten Leitung der Uni, so viel Unkenntnis?

Phil klopfte. Stille. Er erinnerte sich an zu Hause auf dem Hof. Als er einmal die Magd rettete. Darauf war er heute noch stolz, wie sie da geschrieen hatte, sie sei heiß und verbrenne gleich und er solle endlich kommen, sie löschen und Phil kurzentschlossen in die Scheune stürmte, mit einem Eimer kalten Wassers und sie damit begoss und der Knecht wütend geworden war, auf Phil, weil Phil es war der sie rettete und nicht er, der Knecht mit seinen herunter gerutschten Hosen. Er solle lieber erst einmal seinen Gürtel enger schnallen, belehrte ihn Phil.

Was nun, überlegte Phil geradlinig von der Erinnerung auf jetzt übertragend, wenn auch hier jemandem zu heiß geworden sei? Ob Mann ob Frau, egal. Vielleicht weil es brenne und dieser Jemand der Hilfe bedürfe? Seiner Hilfe! Hastig blickte er sich um. Löschwasser, las er. Sollte er? Kurzentschlossen zog er den dicken Schlauch heraus und zog daran. Hui ging das leicht. Phil hatte seine Freude daran. Fast vergaß er dabei, die Rektorin zu retten. Aber nur fast. Phil wusste sich zu benehmen. Kraftvoll riss er an der Türe. Sie ging auf und Phil rein. Verdutzt blickte die Rektorin auf. Damit hatte sie nicht gerechnet. *„Eine Feuerwehrübung"*, fragte sie, *„unangemeldet?"* Aber Phil war eifrig dabei, eine Frau in Not zu erretten, denn um eine solche handelte es sich für ihn unübersehbar. Demzufolge ihre Frage überhörend fragte er seinerseits: *„Sind sie heiß?"* Die erwachsende, durchaus als Empörung zu bezeichnende Reaktion der Frau Rektorin verstand Phil gar nicht, oder treffender gesagt, ziemlich falsch. Er konnte ja nicht wissen, eine bekennende Feministin vor sich zu haben, von solchen er noch nie gehört hatte. Zu Hause, auf seinem heimatlichen Bauernhof fand sich davon absolut keine Spur. Und das war Maßstab für ihn! Daher wusste er nicht, wie feinfühlig solche Damen auf entsprechende Angebote reagierten. Auch war Phil ein geradliniger Typ, der für bare Münze nahm, was man ihm sagte. Woher sollte er ahnen, dass das Gegenteil von dem gemeint wurde, was man sagte. So nahm das Unglück seinen Lauf. Oder war auch ein bisschen Glück dabei?

„*Du kannst mich mal*", schrie sie und Phil war überzeugt, sie meine wörtlich, er könne, ja solle sie löschen oder zumindest, Phil sah weder Rauch noch Flammen, sie ein wenig abkühlen. Der heiße Sommertag sprach für sich. Phil ließ also das Wasser fließen. Was sicherlich in Anbetracht des doch erstaunlich druckreichen Strahles, der den Feuerwehrschlauch auch hier im obersten Stock noch verließ, eine gehörige Untertreibung darstellte. Augenblicklich befand sich die erfrischte Rektorin auf Phils feuerschutzgerechten

Einsatz zwei Meter hinter ihrem Schreibtisch. Phil staunte. Damit hatte er nicht gerechnet. Aber besser nass in einer Ecke als rauchend an der Decke. Womit er eine weitere, erstaunliche Fähigkeit bewiesen hatte, die des spontanen Dichtens in außergewöhnlichen Situationen. Womit einst auch sein längst verblichener Urgroßvater gesegnet war.

Phil drehte das Wasser ab und lief freundlich auf die mühsam sich im Wasser wälzende Rektorin zu. Er bot ihr seinen Arm an und sagte: *„Bitte, Frau Professorin!"* Sie schrie erneut, weil sie Phils Angebot, ihr aufzuhelfen als weiteren Versuch plumper Anmache deutete. Woher sollte er das auch wissen? Ihm ging es nur darum, sie zu retten. Später sollte Phil glauben, Feministinnen hätten nur das EINE im Kopf, stets auf der Lauer, keine Gelegenheit zu verpassen. Weshalb sonst, verstünden sie fast alles auf diese EINE Weise? Nur eben gekonnt als Gegnerinnen des EINEN sich gut verbergend. Aber noch längst war er nicht dort angekommen, die verschlungenen Wege dieser Welt zu verstehen. Überrascht glaubte er also, sie sei immer noch zu heiß und schreie deshalb vor Schmerzen. In diesem Augenblick höchster Not erinnerte sich Phil an seinem Erste-Hilfe-Kurs und wie Feuer auch erstickt werden könne, wenn Wasser nicht helfe. Somit war sein Entschluss gefasst, er riss sich sein Hemd vom Leib, warf es auf die Rektorin und schlang seine Arme um sie. Nur so könne er dem Feuer beikommen. Die bereits in Ohnmacht fallende Frau ehe noch sein nackter Oberkörper gänzlich sichtbar wurde, war Phil Bestätigung, richtig gehandelt zu haben. Woher sollte er auch wissen, was ihr schier begann die Sinne zu rauben und dass es eindeutig mit seinem Oberkörper zu tun hatte, aber nicht nur?

Erst nach einer Weile und sich umblickend schien Phil zu ahnen, es habe sich doch nicht um einen solch gefährlichen Brandherd bei besagter Frau Rektorin gehandelt. Behutsam entfernte er das Hemd mit einer Hand. Mit der anderen hielt er sie. Sie lächelte. Phil stutzte. Sie legte eine Hand auf seine Brust. Phil staunte und nahm seine andere Hand von ihr. Hastig schlang sie nun ihrerseits Arme um Phil. Und Beine. „Los", hauchte sie fordernd, „lösch mich!" Aber Phil wurde Angst. Nicht, weil er keine Frauen mochte, nein, das war es nicht. Ganz und gar nicht. Aber Phil erinnerte sich an besagtes Schild, draußen, vor ihrer Tür: „Herr Professorin." Was wenn der Schreibfehler bei dem Wort Professorin liegt?

Nun schrie Phil.

Das war das Einzige was ihm blieb, um seine Not herauszuschreien, in eine Welt hinein, in der nichts so war, wie sie von sich selbst behauptete.

*

Phil und die kluge Katze

Phils Tiegelweisheit Nummer 5 |

Phil hatte es sich zur Gewohnheit gemacht, über die Welt nachzudenken. Was noch von daher rührte als er faul hinter dem Ofen lag. Das war auch nicht seine Erfindung. Die Katze hatte es ihm gesagt. Aber das erzählte er lieber keinem mehr. Einmal eine Ohrfeige hatte ihm gereicht als er es begeistert seinem Vater erklärte.

„Ich denk doch nach", hatte er empört geschrieen, damals, nachdem sein Vater wieder einmal überzeugt war, sein Sohn tauge zu gar nichts, nicht einmal, um darüber nachzudenken.

Und da hatte Phil von der Katze berichtet und von ihren Abenteuern und was es für eine Katzenlust sei, am Ofen zu liegen, sich von den Menschen bedienen zu lassen und dabei sich allerhand Gedanken darüber zu machen, was für eine Krone der Schöpfung sie, die Katzen doch seien und wie dämlich die Menschen. Die Menschen, habe die Katze erklärt, müssten immer erst reden und manchmal auch schreien, bis ihnen ein Gefallen getan werde. Die Katzen aber bräuchten das alles nicht. Sie lägen einfach nur herum und trotzdem dienten ihnen die Menschen ganz freiwillig. Sie akzeptierten halt, wer über ihnen stünde.

Phil verstand damals anfangs überhaupt kein bisschen, weshalb sein Vater fuchsteufelswild geworden war. Er hatte nur wahrheitsgetreu der Katze Erzählung wieder gegeben. Aber dann dämmerte ihm, wie recht die Katze gehabt hatte – zumindest seine Familie betreffend:

Wer denkt und schweigt, ist freier als alle anderen! Darum ging es.

Das ist Phils Tiegelweisheit Nummer 5.

*

Phil im höllischen Paradiesgarten

Phils Kindheitsgeheimnis Nummer 2 |

Phil nahm alles wörtlich. Nicht, weil er zu dumm gewesen sei, etwas zwischen den Zeilen zu verstehen. Nein, Phil war ehrlich, grundsätzlich ehrlich. Und gleiches gestand er anderen zu. Das sollte ihn Zeit seines Lebens in allerlei Ungemach bringen. Aber Phil mochte (fast) nicht davon lassen. Da war er stur. Außerdem begriff er nicht, weshalb jemand etwas anderes sagte und dann salopp meinte: *„Das meine ich doch."* So etwas machte Phil durchaus wütend. Einmal, Phil besuchte einen Nachbarjungen und dort erlebte er etwas ungeheuerliches. Das sollte dann doch etwas an dieser Haltung ändern.

Der Nachbarjunge wohnte in einem Zaubergarten. Zumindest stellte ihn sich Phil als solchen vor. Außen herum eine uralte Feldsteinmauer, und ein Tor wie in einem Märchenreich. Schon immer wollte Phil dort hinein. Aber der Nachbarjunge war einige Jahre älter und galt als Rüpel. Weil Phil alle die er traf, erst einmal freundlich und arglos begegnete, glaubte er sofort, der Nachbarjunge sei gar nicht so schlimm, wie alle sagten. Er war freundlich zu Phil. *„Wollen wir spielen?"*, fragte der Nachbarjunge und Phil war begeistert. Sollte es wirklich wahr werden? Sollte er wirklich in diesen Garten kommen? Ja, er sollte! Phil hielt den Atem an. In seinem Bauch kribbelte es und seine Augen wurden feucht. Phil stand wie die Goldmarie im Tor zum Paradies. *„Komm schon"*, drängte der Nachbarjunge.

Der lud Phil ein, Heupferde zu fangen, nur so zum Spaß, wie er meinte. Nichts solle ihnen geschehen. Und Phil war eifrig dabei. Bald hatten sie eine leere Zigarettenschachtel gefüllt. So eine mit Klappdeckel. Sie würden sie gleich befreien, erklärte der Nachbarjunge und holte ein Feuerzeug aus seiner Tasche. Phil starrte darauf. Sie saßen auf einem Stein. Der Nachbarjunge lachte Phil an. Der starrte auf die Funken, die aus dem Feuerzeug sprangen. Dann sprang eine Flamme hervor. Phil wusste nicht, was der Nachbarjunge da machte. Aber er konnte sich nicht rühren. Das Feuerzeug in der Hand eines Kindes. Die Schachtel mit den Heupferden. Der Paradiesgarten. Gebannt folgte er der Hand mit   dem Feuerzeug, aus dem die Flamme züngelte.   Gebannt hörte er, wie die Heupferde wild gegen die Schachtelwände sprangen als die Hand mit dem Feuerzeug die Flamme unter die Schachtel führte. Der Nachbarjunge verbrannte die Heupferde bei lebendigem Leibe und hatte große Freude daran. Auch am Entsetzen des kleinen Phil.

Von einem, der auszo

Wortlos stand Phil auf und ging. Nach einigen Schritten blieb er stehen. *„Du bist nicht mein Freund.“* Dann verließ er den Paradiesgarten, in dem sich die Hölle geöffnet hatte.

Phil spielte nie mehr mit dem Nachbarjungen. Aber der Paradiesgarten, der blieb, auch als der Nachbarjunge irgendwohin verzog.

Seither las Phil doch, wenn es nötig war, zwischen den Zeilen. Aber manchmal tat er trotzdem so, als verstehe er nicht. Aber das war sein Geheimnis.

*

PHILS ERSTE HIMMELFAHRT ODER WAR'S EIN HÖLLENRITT?

Traumtiegel 1 |

Phil konnte hinterher nicht sagen, wie er dahin gekommen war. Aber dass er dort war, das stand für ihn felsenfest. Phil kam in den Himmel. Großes Wehklagen und Zähneklappern empfingen ihn. Deshalb braucht es keinen zu verwundern, wie sehr sich Phil darüber wunderte etwas vorzufinden, was für ihn nur in der Hölle sein darf. Aber weshalb, so grübelte Phil, ging es allen hier so schlecht, hoch droben im Himmel. Phils Neugier war geweckt.

Zuerst kam er an eine Wolke, auf der einer saß, dessen Gesicht ihm recht bekannt vorkam. Aber er erinnerte sich noch nicht. Dennoch sprach er ihn an. *„Du, warum jammerst Du, Dir geht es doch gut?"* Und Phil verwies auf die köstlichen Speisen, die überall herum schwirrten und die hübschen Engel, die sich auf der Wolken neben dem Winselnden räkelten und überhaupt schien alles da zu sein. Sogar einen riesigen Fernseher entdeckte Phil.

„Ach", entgegnete der Angesprochene, *„mir ist so langweilig."*

Hm, überlegte Phil. Außerdem versuchte er sich zu erinnern, woher er sein Gegenüber kannte. Da fiel es ihm ein. Es war der Pfarrer seines Heimatdorfes. Von dem hieß es immer, der wüsste vor lauter Langeweile nicht, was er noch für verlockende Bilder zu den sonntäglichen Predigten über das Ewige Leben ausmalen sollte. Eines erschien verlockender als das andere. Phil war damals ganz hingerissen und wurde des Pfarrers eifrigster Kirchgänger. Und jetzt das hier. Phil konnte sich das Häufchen Elend nur damit erklären, dass der ins Jenseits verschiedene Seelsorger irgendwie herausgefunden hatte, sich eigentlich in der Hölle zu befinden. Was Phil deutliche Kopfschmerzen bereitete. Denn, warum befand sich der heiligste Mann seines Dorfes in der Hölle? Phil wurde mulmig zumute. War sein großes Idol doch nicht so heilig wie zu Zeiten seines Lebens, als Phil ihm am Munde hing und jedes Wort für bare Münze hielt? Phil fragte ihn gerade heraus.

„*Nein, nein, mein Söhnchen*", entgegnete der Unglückliche, „*ich bin im Himmel!*"

„*Aber warum bist Du dann so verzweifelt, Hochwürden?*", begehrte Phil zu wissen.

„*Ach*", entgegnete der Elende erneut, „*das ist es ja. Ich habe erkannt, wie sehr der Himmel alle meine Wünsche, die ich zu Lebzeiten hegte, umgehend erfüllt.*"

Der Pfarrer machte eine Pause, ehe er fortfuhr: „*So ist mir der Himmel zur Hölle geworden und ich sehne mich tausendmal in die Hölle, um dieser ewigen Langeweile zu entkommen.*"

Phil schwieg. Aber er dachte nach. Und dann wunderte er sich darüber, wie viele Menschen, denen er begegnet war, tatsächlich ihr Leben lang und Tag für Tag auf das ewige Leben hofften und dabei nicht einmal wussten, was sie einen Nachmittag ohne Fernseher oder Smartphone mit sich anfangen könnten.

Trotzdem tat Phil dieser unglückliche Mensch vor ihm leid. *„Ich hole Hilfe!"* Dann stieg Phil nach unten.

Bald kräuselte ihm beißender Schwefeldampf in die Nase, überall waberten Rauchschaden, unsäglicher Lärm allerorten. Phil wurde etwas bange. Doch er stieg tapfer nach unten. Irgendwann, nach einer kleinen Ewigkeit, öffnete sich vor ihm eine gewaltige Halle. Überall bewegten sich Menschen. Auf deren Gesichtern entdeckte Phil nichts anderes als zufriedene Heiterkeit. Jetzt wird es aber verrückt, dachte Phil. Die Hölle habe ich mir ganz anders vorgestellt, so wie den Himmel vielleicht. Wieder erwachte Phils Neugier. Und er sprach den Nächstbesten an. *„Du bist in der Hölle …"* begann er, kam aber nicht dazu, seine Frage zu vollenden, warum jener so glücklich wirke, weil die Antwort trotzdem prompt kam: *„Na und! Ist mir doch egal. Mir geht's gut hier."*

„Aber die Hölle ist doch ganz schlimm?", hakte Phil nach.

„Papperlapapp", meinte er nur und setzte seinen Weg fort, der offensichtlich ein höchst erfrischendes Abenteuer für ihn war. Wieder überlegte Phil. Ihm fehlt nichts, außer die Langeweile. Ob es das ist? Aber

er hatte dem armen Geistlichen versprochen, ihn vom ewigen Leben im Himmel zu erlösen. Also ließ er das Grübeln Grübeln sein und suchte den Boss hier unten. Den fand er gemütlich lümmelnd und zufrieden auf einem Sofa, bezogen mit lindgrünem Samt.

„*Deine Hölle taugt nichts*", sprach Phil den Teufel an. Dieser schrak hoch. Dann lachte er.

„*Warum denn nicht?*"

„*Hier leidet niemand Höllenqualen!*"

„*Warum sollten sie?*"

„*Weil das die Hölle ist!*"

„*Na und?*"

„*Im Himmel leiden sie!*"

„*Dann frag doch den lieben Gott, warum!*"

Hm, überlegte Phil, keine schlechte Idee, und stieg die Treppe wieder hoch.

Oben erwartete ihn inmitten des Paradieses wieder das fürchterliche Jaulen unglücklicher Seelen.

Diesmal aber stieg Phil noch ein Stückchen höher. Phil stand plötzlich vor dem Thron Gottes. Auf dem hockte der Allmächtige und weinte verzweifelt. Phil erschrak. „*Was, was ist denn mit Dir los?*", stotterte er und zupfte den bärtigen Weltenlenker an seinem weiten Bart. Der blickte aus tränenverschleierten Augen und schluchzte heulend auf. Phil streichelte den Unglücklichen und wartete.

Dann begann Gott zu sprechen. Nein, nicht mit donnernder Stimme, es war nur ein schwaches Lispeln. Aber Phil verstand ihn: „*Ich hab' Mist gebaut, große Scheiße, hab's nur gut gemeint. Ach ist mir langweilig!*" Daraufhin heulte Gott weiter. Phil war klar,

Phil Beulentiegel

Gott wusste mit seiner Ewigkeit nichts anzufangen.

„Geh doch zum Teufel", schlug er ihn vor. Gott begriff nicht. *„Na, wenn Dein Himmel zur Hölle wird, findest Du den Himmel in der Hölle."*

„Meinst Du?", fragte Gott hoffnungsvoll.

„Klar!", war sich Phil sicher und klopfte ihn vertraulich auf die Schulter.

Gerade noch glaubte Gott, darin die Lösung gefunden zu haben, da ließ er erneut seine Schultern kraftlos sinken. *„Wie komm ich dort runter? Ich bin ohne Sünde."*

„Das lässt sich ändern!", war sich Phil gewiss und flüsterte dem Allmächtigen etwas ins Ohr. Gott lachte und erhob sich von seinem Thron und stieg hinab in das Reich des Todes – so nannte es einst Phils Geistlicher, wovon jener aber jetzt nichts mehr wissen will. Jedenfalls atmete Phil tief durch. *„Geschafft!"* Er setzte sich auf Gottes Thron, den er ziemlich bequem fand. Und er sprach ein Machtwort. Augenblicklich hörte alles Jammern und Zähneknirschen auf.

Phil erwachte und dachte, ein verrückter Traum. Genüsslich streckte er seine müden Glieder und schaute aus dem Fenster. Dort stand Gott und fragte, ob er mit ihm Fußball spielen wolle. Er wisse jetzt, dank Phils Hilfe, welche Freude so ein Foul bereiten könne. Phil zwinkerte Gott verschwörerisch zu.

Von einem, der auszog

So kam es, dass der liebe Gott seinen Himmel Hölle sein ließ und viel Freude auf Erden hatte.

Amen.

Und Phil? Nun Phil begriff ein weiteres Mal, auch im Himmel war nichts heilig und der liebe Gott am allerwenigsten. Aber, sinnierte Phil, was ist eigentlich falsch am lieben Gott, wenn der Lust auf Erden hatte? Schließlich war es sein Werk. Als er das bedachte, lächelte Phil zuerst über den Ernst des Pfarrers aus seiner Kindheit und dann beweinte er ihn.

Nur eins hatte er weder im Himmel noch in der Hölle gefunden: Arbeit! Also suchte er weiter.

*

PHILS EIGENE PENSION

Tiegelbild 9 |

Phil hatte endlich Arbeit gefunden. Und das kam genau so:

Phil stand an der Kasse eines Supermarktes an. Er hatte die Kasse gewählt, an der die wenigsten Kunden anstanden. Wie es der Zufall wollte, funktionierte plötzlich die Kasse nicht mehr. Genervt drückte die Kassiererin einen großen Knopf. Ihre Blicke schauten gehetzt in eine bestimmte Richtung. Phil folgte ihnen mit seinen Augen. Aber von dort war keine Hilfe in Anmarsch. Wie es Phils Art war, nahm er sich der Sache an. Er trat aus der Reihe, lief an den beiden vor ihm Wartenden vorbei und zog sein jüngst erworbenes Taschenmesser aus der Hosentasche, ein schweizer. Er war sehr stolz darauf. 47 Funktionen habe es. Herausgefunden hatte er erst 36, aber das machte jetzt nichts. Die große Säge hatte er längst entdeckt. Er ließ sie aus dem Messer klappen, just in dem Augenblick als er vor der Kassiererin stand. Mit seinem freundlichsten Lächeln bat er sie: *„Hände hoch..."* begann er und wollte noch hinzufügen, damit ich ihnen nicht weh tue. Aber so weit kam er nicht. Augenblicklich weiß werdend, riss sie ihre Hände in die Höhe. Allerdings gelang es ihr geistesgegenwärtig den Alarmknopf mit einem Fuß zu drücken. Wovon Phil ja nichts mitbekam. Er wunderte sich nur, weshalb sie ihn so angstvoll anstarrte und inzwischen sogar zitterte. Er beruhigte sie. Dabei berührte er aus versehen mit besagtem Sägewerkzeug ihren Hals. Ein kleines Ritzchen, doch mit großer Wirkung. Viel Blut floss. Deshalb wurde nun auch Phil etwas nervös. Hastig stürmte er durch die Regalreihen, erreichte die Packungen mit Heftpflaster und rannte zurück. Die Kasse erreichte er aber nicht mehr. Die Türen öffneten sich, Uniformierte sprangen herein und bauten sich in guter Krimimanier neben der blutenden Frau auf, einen Schwerverbrecher, so meinten sie, gleich dingfest machen zu können. *„Dort flüchtet er"*, schrie die Kassiererin und wies auf ihn. Phil bezog das natürlich nicht auf sich. Er drehte sich um, den vermeintlichen Kriminellen hinter sich vermutend. Aber da war niemand. Also entschied Phil, sich der Suche anzuschließen und lief in die gewiesene Richtung der immer noch kreischenden Frau.

Als er von hinten überwältigt hart zu Boden geschlagen, mit Handschellen gebunden und unbarmherzig aus dem Supermarkt geschleift wurde, glaubte Phil an einem bösen Traum. Das erleichterte Phil, weshalb er von nun an alles ziemlich witzig fand. Also tat er, was so manche in Träumen machen, deren sie sich bewusst geworden sind, sie nehmen sie nicht mehr ernst. Infolge dieser Erkenntnis öffnete Phil seinen Mund und biss einen der Beamten kräftig in die Hand. Der schrie und Phil lachte. *„Nur ein Traum"*, erklärte er dem sich schmerzhaft Windenden. Anschließend biss er herzhaft auch in dessen andere Hand. Auf diese Weise kam es, dass Phil kurz darauf

Phil Beulentiegel

aus seinem vermeintlichen Traum geworfen wurde, indem der andere Beamte ihn kurzerhand bewusstlos schlug.

Als Phil erwachte, fand er sich in einem kleinen, und doch, nach seinem Geschmack ansprechenden Zimmerchen. Eine Pension, entschied er. Schade nur, dass ich mich nicht erinnere, wie ich hierher gekommen bin. Ob ich betrunken war? Da öffnete sich die Tür. Ein offensichtlich freundlicher Herr trat ein. Willkommen in unserer Einrichtung. Phil freute sich und gab gleich eine Bestellung auf, weil ihm danach war. Er hatte Hunger. Ein Brötchen, nicht zu weich, vielleicht ein wenig getoastet. Dazu gut gekühlte Butter, natürlich auch Salz und eine heiße Milch, mit Honig. Das liebe er, gab er dem inzwischen längst nicht mehr lächelndem Herrn Bescheid. Doch fing sich jener schnell und fragte, was Phil noch begehre. „*Eigentlich*", verriet er verschwörerisch, „*bin ich auf der Suche nach Arbeit.*"

„*Damit kann ich dienen*", gab der feine Herr zu verstehen und bat Phil, ihm doch vorauszugehen.

Ihr Weg führte durch lange Korridore mit vielen Türen. Aus deren vergitterten Fensterchen schauten Männer heraus, mit finsteren Blicken. Vielleicht, überlegte Phil, haben sie den feinen Herrn noch nicht gefragt, wie ich es tat. Und er riet jedem, doch um Arbeit zu bitten. Da wurde es ganz still und Phil wurde von dem Herrn dringend gebeten, doch zügig weiterzugehen. Die Arbeit warte.

Sie kamen auf einen Hof und dort stand ein Fahrzeug, in dem saßen einige weitere Herren. Nur nicht so fein gekleidet wie der Herr. Phil wurde bedeutet, sich dabei zu setzen. Die Türe wurde zugeschlagen und die Fahrt begann. Nach einer Weile öffnete sich die Türe und ein weiterer, im Gegensatz zu dem früheren Herrn doch sehr unfreundlicher, schrie sie an, augenblicklich das Fahrzeug zu verlassen. Phil wunderte sich und verbat sich diesen Ton. „*Ach*", sagte der Unfreundliche, „*sie haben Wünsche! Dem kann ich dienen.*" Phil solle ihm folgen. Nach einigen Metern zeigte er auf eine seltsame Vorrichtung. Eine Art Plattform, auf der nebeneinander viele Männer auf den Bäuchen lagen. Ihre Arme und ihr Kopf blickte streng nach unten, auf grüne Pflänzchen an denen ebenso grüne Gürkchen wuchsen. „*Hinlegen*", schrie der unfreundliche Herr und Phil legte sich hin. Nun setzte sich die Maschinerie in Bewegung und die streng blickenden Männer pflückten die grünen Gürkchen und legten sie behutsam auf ein Förderband. Phil war glücklich. Endlich hatte er Arbeit gefunden.

Was kümmerte sich Phil darum, im Gefängnis gelandet zu sein? Er hatte Arbeit, endlich, und fühlte sich nicht weniger frei, als so manch einer draußen, der gebunden an solche unsichtbare Fesseln, die er für Freiheit hält.

Phils Erleuchtung am Grab und Flucht von dort

Tiegelbild 10 |

Phil besaß das seltene Talent, offensichtliches zu verwirren und verborgenes offenbar werden zu lassen. Das brachte ihm, weiß Gott, nicht nur Freunde ein. Was Phil wohl niemals verstehen mochte, weil er doch immer ohne Arg auf die Menschen zu ging. Aber das glaubten diese natürlich gar nicht, ganz nach dem Spruch: *„Was ich selber tu, trau ich anderen zu."*

Eines Tages geriet Phil auf eine Beerdigung. Bis auf seinen Wellensittich hatte er noch keine Erfahrungen mit Tod und Sterben und Trauern. Bei all den weinenden Menschen brach Phil augenblicklich das Herz. Seine Tränen flossen nur so. Getrübten Blickes tastete er sich nach einem Stuhl um. Als er einen fühlte, ließ er sich erleichtert darauf nieder. Es wurde still um ihn. Verwundert rieb er sich die Augen und bemerkt, wie gerade vor ihm ein Herr in schwarz und einer weißen, quadratischen Halsbinde mit ernsten Blicken auf die Anwesenden schaute. Dieser hub an zu sprechen. Dabei bohrte er seine Blicke direkt in die Augen Phils. Als einst artig erzogenes Kind, was man auch immer darunter verstehen mochte, hörte Phil gut zu und immer dann, wenn dieser Herr offensichtlich kurz davor stand, tränenreich zusammenzubrechen, huschte Phil unauffällig auf ihn zu, um ihn zu stützen und dabei zu gleich dessen Nase zu wischen. Anschließend setzte sich Phil wieder. So ging es eine Weile, Phil ruhig und zuvorkommend sich verhaltend, wie auch dieser Herr sehr höflich zu sein schien. Jedes Mal bedankte er sich bei Phil für dessen Hilfe. Doch von Mal zu Mal etwas zurückhaltender. Derweil staunte Phil zunehmend über die flüssige Sprache des Herrn und dass dieser sein dickes Buch nicht einmal umblätterte. Er befragte die neben ihm Weinende. Unter Tränen gab sie ihm zu verstehen, es sei DAS Buch. „Aha", flüsterte Phil und wandte sich erneut dem gewandten Redner zu.

So verging die Zeit. Irgendwann wurde der Sarg, der mittig aufgestellt und blumenreich geschmückt war, von unnahbar dreinblickenden Männern in schwarz davongeschoben. Die Anwesenden erhoben sich und der so berührend sprechende Herr mit dem weiß-quadratischen Kragen folgte dem vorausrollenden Wagen auf dem Fuße. In der Hand DAS Buch haltend. Flach ist es, bemerkte Phil. Zu mehr konnte er seine Neugierde nicht stillen, drängten ihn doch die anderen Gäste der Beerdigung mit sich, ihrerseits dem Herrn folgend.

Der Trauerzug bewegte sich gemessenen Schrittes aus der Leichenhalle direkt auf ein silbern schimmerndes Fahrzeug zu. Gut lesbar gestellt, prangte darauf in großer Schrift der Name des Beerdigungsinstitutes. Oh Zufall, mochte ein kritischer Geist denken. Oh Gott, dachte Phil, da passen wir doch niemals alle rein! Schon suchte er nach einer Möglichkeit, sich abzusetzen. Was nicht erforderlich wurde, lenkten die Sarglenker diesen und damit den Trauerzug knapp davor in eine andere Richtung und zwischen Gräber hindurch direkt an eine Grube. Womöglich eine Baugrube, wie Phil überlegte?

Phil wurde es himmelangst. Was ist, so fragte er sich, wenn die toternst dreinblickenden Sarglenker und -schieber in ihrer Trauer verschwommenen Auges in diese Grube stürzen? Oder schlimmer noch, wenn ihnen womöglich der Sarg abhanden kommt, indem dieser in die Grube stürzt und die ernsten Herren erst nach vielen Meter des schweigenden Laufens das bemerken. Also nahm sich Phil ein Herz und stürmte vor. Allerdings war Phil während seiner „hilfsbereiten" Gedanken der weitere Ablauf entgangen. Der Trauerzug stand still. Der einzelne Herr, der mit dem quadratisch-weißen Kragen, hielt jetzt besagtes Buch vor sich und sprach zu den Anwesenden: „Vater unser, der DU bist im Himmel ..." Dann wurde er gestoppt, weil Phil ihn aus Versehen anrempelte. Dabei fiel eben DAS Buch aus dessen Händen und kam direkt vor Phils Füße zu liegen. Phil befand sich in einer Zwangslage. Sollte er weiterlaufen, den Sarg zu erretten oder erst DAS Buch aufheben? Er verharrte und blickte um sich. Der Sarg stand still, direkt über der Grube. Erleichtert entdeckte Phil zwei dicke Holzstangen, auf denen er ruhte. Diese Gefahr bestand nicht mehr, stellte Phil fest. Also hob er DAS Buch in die Höhe, um es dem Eigentümer in die Hand zu geben. Dabei hielt er es hoch in die Höhe. Ein Raunen ging durch die Anwesenden, was sich bald in zornige Aufregung steigerte. Phil verstand nicht. Er wandte sich dem besagten Buchbesitzer zu. Dessen

Gesicht leuchtete dunkelrot. Phils Augen wanderten auf das Buch, auf dem bereits die aller Anwesenden ruhten. Das Buch flimmerte, wie es Phil schien. Er strengte seine Augen an und erkannte eine Frau und einen Mann, beide nackt und sie rangen offensichtlich heftig miteinander. Phil verstand immer noch nicht. Da riss ihm der Herr DAS Buch aus der Hand und begann erneut, wohl um die Situation zu retten: *„Vater unser im Himmel ..."* Wieder kam er nicht dazu weiter zu sprechen, weil aus DEM Buch plötzlich die Stimme einer Frau schrie: *„... gib mir`s endlich."*

Phil war bei seinem Bemühen, den Sarg zu retten, nicht nur gegen des Pfarrers tragbaren Computer gestoßen, um welchen es sich bei besagtem Herrn handelte, sondern hatte, als er das vermeintliche Buch aufhob, zufällig auch dessen gespeichertes Lesezeichen einer *„sündigen"* Website gewählt. Aber von solcher Technik hatte Phil keine Ahnung.

Also begriff Phil: DAS Buch verband den Pfarrer direkt mit Gott. *„Die Bundeslade!"*, war sich Phil sicher, das viele Jahrtausende verschollene Heiligtum des Volkes Israel. Phil staunte ehrfürchtig. Die Predigt kam also direkt von Gott, und auch die Bilder in DEM Buch. Was Phil daher nicht begriff, war die finstere Aufregung darüber. Eigentlich sollten sie sich doch freuen und jubilieren, ob dieses himmlischen Wunders! So wie er. Und noch etwas begriff Phil ehrfürchtig, als er sich an einen Spruch erinnerte, oft von seines Vaters Beichtvater nach gutem Zuspruch „geistlicher" Getränke rezitiert, wie sie diese nannten: „Lust, das war sein letztes Wort, dann trugen ihn die Englein fort." So schön war also sterben!

Phil freute sich darüber und war versöhnt mit Gott und der Welt. So sprang Phil kurzerhand auf den Sarg, breitete seine Arme aus und sprach: „Fürchtet euch nicht, heute ist euch ein Wunder geschehen." So hatte er es von seiner Oma gelernt. Phil fuhr fort: „Seht her auf DAS Buch, die Engel sind gekommen und tragen euren lieben Verstorbenen in den Himmel." Gern hätte er noch hinzugefügt, sie sollten für ihn beten, damit er endlich aufhöre, sich gegen die schönen, himmlischen Heerscharen zu wehren, die nun zu vielen in nackter Schönheit auf den Bildern DES Buches erschienen, aber die Trauernden schienen verbohrt bis auf die Knochen zu sein. Mit drohenden Fäusten kamen sie auf den äußerst verblüfften Phil zu. Diesmal hatte Phil tatsächlich einmal ein Gespür für den rechten Augenblick.

Deshalb gelang es ihm gerade noch rechtzeitig vom Sarg zu springen und zwischen einigen Lebensbäumen hindurch zu entwischen. „Gottvertrauen ist gut", meinte seine Oma auch, „schnelle Beine aber besser." Auch daran erinnerte sich Phil.

PHILS TALENT, GLÜCK IM UNGLÜCK ZU FINDEN

Tiegelbild 12 |

Phil hatte sich entschlossen, seine Fahrerlaubnis zu machen. Entschlossen suchte er einen Fahrlehrer auf. Der bewohnte ein kleines Häuschen, in dem sich ein ebenso kleiner Raum befand. Phil trat in diesen ein. Dort saß ein älterer Herr an einem Schreibtisch und schrieb. Phil grüße mit einem kräftigen *„Guten Morgen!"* und harrte des ebenso freundlichen Grußes zurück. Nichts geschah. Phil wartete und lächelte, zwinkerte mit einem Auge, räusperte sich, bewegte seine Füße, auf dass diese ein scharrendes Geräusch von sich gäben, die des Schreibenden Aufmerksamkeit doch noch erregten, um diesem die Nachricht auf diese Weise zu vermitteln: Es sei jemand eingetreten, Phil nämlich.

Immer noch keine Reaktion. Phils Lächeln entschwand seinem Gesicht. Phil überlegte, ob er rufen sollte. Allein, er wagte es nicht, was eigentlich nicht seiner Art entsprach. Dann schien Bewegung in den Schreibenden zu kommen. Nur ein kleiner Hinweis war's, aber Phil bemerkte ein leichtes Nicken mit dessen Kopf. Phil, war solche Hinweise von seinem durchaus oft schweigsamen Vater gewohnt und blickte in die gewiesene Richtung und entdeckte einen braunen Rohrstuhl. Phil setzte sich und wartete erneut. Der Schreibende, der jetzt keiner mehr war, blickte auf und kramte dabei, zwischen all den Blättern eine Semmel mit knoblauchduftendem Hackepeter hervor. Er biss hinein und kaute. Dabei geriet etwas vom gehackten Fett auf dessen Nasenspitze. Phil blickte fasziniert darauf. Anfangs klebte es ziemlich fest, doch schien es der Nasenspitze zu kitzeln. Der Essende wischte mit seinem Handrücken über Mund und Nase. Das gehackte Fettstückchen wanderte auf dessen rechte Wange. Auch diese schien es zu kitzeln. So wischte er wieder, mit dem Ergebnis einer weiteren Reise des Gehackten, nun auf die linke Wange. Phil hätte zu gern gewusst, wie das weitergegangen wäre, aber nun wurde er tatsächlich, freilich mit vollem Munde angesprochen. Womit Phils Aufmerksamkeit auf zugeschobene, teils gläsern gefleckte Formulare gelenkt wurde. *„Ausfüllen!"*

Und Phil füllte aus. Was, wusste er später nicht mehr zu sagen. Aber das war ihm sowieso egal. Ihm blieb die Sprache auszufüllender Formulare von je her und bis ins hohe Alter unverständlich. Trotzdem schien er über die Gabe zu verfügen, die *„richtigen"* Antworten einzutragen. Deshalb genügten auch die nun ausgefüllten und behutsam zu des seltsamen Herrn Händen zurückgeschobenen Blätter. Der grunzte zufrieden. *„Morgen, sieben!"*, war die einzig verständliche Bemerkung, die Phil noch vernehmen konnte. Dann schrieb der Herr wieder und Phil wartete. Das lohnte sich dahingehend, weil er erfuhr, was mit dem Fettklecksen auf des Schreibenden linker Wange geschah. Das verlor seinen Halt und ließ sich auf Phils Formulare nieder. So war das also. Phil wartete weiter. Ansonsten Stille. Irgendwann erhob er sich, verabschiedete sich höflich, obwohl er diesmal mit keiner Erwiderung rechnete. Phil war lernfähig!

Pünktlich sieben Uhr am nächsten Morgen stand Phil wieder in beschriebenem Raum. Keiner da. Phil wartete. Etwa eine Stunde später wurde die Türe zornig aufgerissen und der Fahrlehrer, der Herr von gestern, brüllte Phil an, weshalb er noch nicht StVO-gerecht im Wagen sitze. Phil verstand das nicht, trottete aber gehorsam dem inzwischen wieder hinausgehenden Herrn hinterher. Draußen stand ein Kraftfahrzeug mit tuckerndem Motor. Phil nahm die offenstehende Türe, die mit der des Fahrerplatzes identisch war. Eine andere Möglichkeit gab es nicht, weil nebenan bereits der „feine" Herr saß und erneut auf einem Brötchen mit Gehacktem kaute. Ein Duft Knoblauch erfüllte die Fahrraumkabine. „Fahr los", nuschelte der Fahrlehrer und pulte sich zwischen den Zähnen einen weißen Faden seines Frühstückes heraus. Diesen rollte er zwischen den Fingern zu einem Kügelchen und schnipste es anschließend gekonnt mit Daumen und Zeigefinger von dannen. Es landete neben seinesgleichen, und diese hockten auf der Windschutzscheibe, innen. Phil graute schon ein wenig, aber er schwieg. „Fahr los!", brüllte es von nebenan. Und Phil fuhr.

Nun ist an dieser Stelle einzufügen, dass Phil bereits einschlägige Erfahrungen mit verschiedenen Kraftfahrzeugen hatte. Anfangs der Traktor, ohne seines Vaters Wissen. Er erfuhr erst davon, nachdem

Phil diesen in die Mistgrube versetzt hatte, woraus kein eigenständiges Entkommen war. Später mit seines Vaters Wissen, auf dem Feld und anderswo. Meist, wenn sein Vater aus einschlägigen Etablissements und mehrschlägig schwankend nach Hause verbracht werden wollte. Auch kamen noch Bagger, uralte Mähdrescher, Mopeds und PKWs hinzu.

Also war es für ihn auch keine Kunst, dieses Gefährt mit zwei Lenkrädern davon zu fahren. Phil aber fuhr offenbar für des Fahrlehrers Geschmack zu brav durch den dichten Verkehr. Also brüllte dieser: „*Gas! Gib endlich Gas!*" Nun kam es jedoch zu einem folgenreichen Missgeschick, was zum äußerst zügigen Erhalt der Fahrerlaubnis führen sollte.

Phil war auf einem Bauernhof aufgewachsen. Dort herrschten nicht nur andere Sitten als im städtischen Umfeld, sondern auch solche, die als ganz und ausschließlich innerfamiliär bezeichnet werden dürfen. Dazu gehörte es, auf Anweisung und vor dem Essen geräuschvoll „*Gas zu geben*", wie sich Vater auszudrücken pflegte. Was nichts anderes hieß, als seinen Darm mit Absicht von allen Winden zu befreien; draußen, vor der Küchentüre. Das führte manchmal durchaus zu lustigen Hüpfereien, weil die Winde nicht unbedingt auf Kommando den Darm verlassen wollten. (Später wurde dafür ein Trampolin angeschafft.) Sein Vater mochte es ja gar nicht, wenn die Düfte sich während des Essens in seine Nase schlichen. Aus diesem Grund flog Phil nicht nur einmal vom Esstisch. Bis er es endlich lernte.

Deshalb war Phil jetzt auch ein folgsamer Fahrschüler und so kam es zu dem, was wie eine Fügung des Schicksals aussehen mochte. Und das kam so:

Phil wunderte sich zwar über die Aufforderung des Fahrlehrers, während dessen genüsslichen Brötchenverzehrs, mit Gehacktem, mit „Hackepeter", dies tun zu sollen, doch seine Loyalität älteren Herren gegenüber kannte keine Möglichkeit der Verweigerung. So drückte Phil und gab Gas wie ihm geheißen, was heißt, er furzte geräuschstark und stinkend. Er hatte, wie beschrieben, ja gar keine Ahnung, was anderes jener damit hätte meinen können.

Phil lächelte also äußerst stolz zum Fahrlehrer hinüber, in Erwartung eines besonderen Lobes. Aber dieser wurde kreidebleich, dann doch etwas grün im Gesicht, welches in blau überging, bis es von flammender Röte abgelöst wurde. Nur ein Wort hatte der, für Phils Geschmack unberechtigt in Zorn geratene Herr noch übrig: „Raus!" Phil gehorchte, auch wenn er nicht verstand. Das Fahrschulfahrzeug entfernte sich, etwas ruckend zwar und doch recht schnell für Phils Empfinden. Was nicht mehr seine Sache war, sondern ihm das Problem vermeintlich unerreichbarer Fahrerlaubnis doch arg zusetzte.

Als er jedoch nach einigen Tagen sehr verblüfft seine eigene Fahrerlaubnis, ohne weitere Fahrstunden, ja ohne ihm bewusste Prüfung, in seinen Händen hielt und mit der Post per Einschreiben zugestellt, nahm er es hin, wie es war. Auch das eine der nützlichen Eigenheiten Phils, selbst wenn auch diese zu Verwicklungen führen konnten.

„Wunder sind Wunder und Gottes Wege undurch-schaubar", erinnerte sich Phil an die Worte seiner Oma. Wie recht sie hatte! Offenbar war Gott auf Phils Seite, warum auch immer, und der Fahrlehrer dessen irdisches Werkzeug.

*

PHILS AUFSTIEG UND SEIN FALL

Tiegelbild 21 |

Phil erlebte Wunder. Freilich war er sich dessen meist nicht bewusst und doch war es so. Über eines dieser Wunder wunderte sich jedoch sogar Phil. Noch dereinst als alter Mann und endlich jenseits aller Abenteuer, die seine Jugend so sehr prägten, erzählte er seinen vielen kleinen Enkeln und Urenkeln, die er liebevoll *„meine PHILatelisten"* bezeichnete, von seinem größten aller wahren Wunder.

Eines Tages begab sich Phil nach *„erfolgreich bestandener"* Fahrerlaubnisprüfung in einen Autoverleih. Für den Kauf eines solchen Gefährts fehlte ihm das nötige Geld. Der Vertrag war schnell unterschrieben. Behutsam begab sich Phil in den Straßenverkehr. Alles klappte gut. Nach einiger Zeit fiel die Spannung von ihm ab. Er leierte das Fenster auf und ließ seine linke Hand im Fahrtwind baumeln. Da fielen seine Blicke auf Plakate. Eins hinter dem Anderen. Phil las. *„Die Kanzlerin kommt!"* Phil staunte über den Mut dieser Frau, so etwas intimes öffentlich zu machen. Phil las weiter. Sein Staunen setzte sich fort. Auf einem anderen entdeckte er: *„Trau Dich Deutsch-*

land!" Phil überlegte, was damit gemeint sein könnte. War die darauf abgebildete Frau, deren Namen wir hier verschweigen wollen, anderen Frauen zugetan, dass sie mit diesem öffentlichen Geständnis, eine Frau namens Deutschland aufforderte, sie zu trauen? Ein Plädoyer für die gleichgeschlechtliche Ehe? Plötzlich wurde Phil heiß und kalt. Er hatte sie vergessen! Die Wahl! Bloß gut, auf einem der Plakate las er: *„Falls am Wahltag etwas dazwischen kommt."* Das hatte ihn erinnert. Phil liebte es zu wählen. Schon als kleiner Junge wählte er zwischen Mamas beiden Brüsten. Sollte er die rechte oder die linke wählen? Aber ganz gleich, welche er wählte, es kam immer das Gleiche heraus. Das war eine Urerfahrung Phils. Eine gute, wie er meinte. Und deshalb liebte es Phil, zu wählen. Also lenkte er sofort um. Zum Wahlbüro. Dann Stau. Schweiß perlte auf seiner Stirn. Ich muss es schaffen! Nur wie? Ihm kam das Glück zu Hilfe. Hinter ihm Blaulicht. Alle fuhren an den Rand. Eine Wagenkolonne jagte durch die Hauptstadt, einer mehrspurigen Straße entlang. Geistesgegenwärtig schlüpfte Phil vor dem letzten Fahrzeug der seltsamen Raser in eine Lücke und drückte das Gaspedal fast durchs Blech.

An dieser Stelle darf bemerkt werde, mit welchem Fahrzeug Phil unterwegs war. Mangels eines kleineren, farbigeren Autos, konnte er im Autoverleih nur noch eine Luxusausführung einer gehobenen Wagenklasse nehmen. Freilich, für den Preis eines Kleinwagens. Ein Sonntagsrabatt sozusagen. Und schwarzglänzend lackiert. Auf diese Weise fiel Phil in besagter

Kolonne überhaupt nicht
auf. Allerdings hatte Phil
alle Hände und Füße voll zu tun,
um die rasende Fahrt bestehen zu können. Schließlich sei erinnert, es war Phils erste Fahrt als neuge-
backener Führerscheinbesitzer. Doch er hielt durch.
Die rasende Fahrt führte unter einen würfelförmigen
Glaspalast, der hell erleuchtet war. Inzwischen war es
bereits weit nach 18 Uhr. Phil hatte die Wahl verpasst
und war zutiefst zerknirscht. Langsam nun, fuhr er
seinen Wagen auf einen frei gehaltenen Parkplatz.
Wie ungewöhnlich das hier war, bekam er überhaupt
nicht mit. Mutlos schlug er die Türe zu und trottete ziellos herum. Bald erreichte er eine schwere Türe,
welche er salopp und recht kräftig mit einem Fuß auf-
stieß. Es war eine schwere Tür. Der Fuß schmerzte.
Also hüpfte er auf einem Bein, wodurch er einer etwas korpulenten Dame mit pastellfarbenem Jackett
gehörig auf die Füße trat. Was der Leser nicht wissen
konnte, besagte Frau, die Kanzlerin nämlich, musste zu Fuß in das Wahlkampfbüro laufen, weil, ihrer
Meinung nach, irgend so ein Vollidiot ihren Parkplatz
belegt hatte. Vielleicht dieser dämliche Vizekanzler.
Was sie natürlich niemals öffentlich zugeben würde,
diese Gedanken über ihn. Jedenfalls schoss ihr durch
des Phils Tritte ein solcher Schmerz in die Füße, als
dass sie hätte weiter gehen können. Still glitt sie zu
Boden. Sie gab auf. Der Tag war einfach zu viel für
sie. Erst der Bericht ihres Büroleiters, auf den Wahl-
zetteln sei aus unerfindlichen Gründen an Stelle ihres
Namens ein völlig unleserlicher gedruckt worden, der

irgendwie an Eulenspiegel erinnerte. Ein Terrorakt, wie sie vermutete. Nach hitzigen Telefonaten konnte sie der bundesweit zuständige Wahlleiter beruhigen. Ein Druckfehler! Und wenn er nicht ihr gewünschtes Ergebnis verfälschte, würde das keinesfalls zu Neuwahlen führen. Was sie nicht wusste, er hatte schlicht keine Ahnung von der Gesetzeslage und nur improvisiert, um sie zu beruhigen. Sie war die Kanzlerin und sie musste zu hören bekommen, was ihr gut tat. Also kein islamistischer Terroranschlag mittels gemeinem Druckfehler. Wovon sie jetzt aber trotzdem ausging, wie sie nun da lag, den Mittelfußknochen offenbar gebrochen und einen Typen über sich gebeugt, mit Bart und irrem Blick. Diesen deutete sie freilich ziemlich falsch, schmerzte Phil doch ebenfalls der Fuß. Daher sein finsterer Gesichtsausdruck. Trotzdem. Phils Mitgefühl siegte noch immer über jeden Schmerz. Deshalb riss er seine Arme in die Höhe und schrie lautstark: *„Ich … Eure Kanzlerin …"* Jubel brandete auf und ihm entgegen und ließ den Abschluss des Satzes: *„braucht Hilfe"*, im allgemeinen Lärm untergehen. Alle hatten die Kanzlerin erwartet, an eben dieser Türe einzutreten, in der nun Phil stand, die Arme hoch erhoben. Somit war er augenblicklich für alle die Kanzlerin. Dass sie, also er, doch ziemlich anders aussah, schien gar keine Rolle zu spielen. Alle hatten der, also den Eintretenden als Kanzlerin zugejubelt und keiner wollte seinen Fehler eingestehen. Die unauffälligen Blicke, zu den jeweils jubelnden Nebenstehenden ließen den Jubel anhalten. Wer wollte schon ohne Jubel vor der Kanzlerin stehen, womöglich noch als

Einziger. Und auch wenn die eingetretene Kanzlerin, also Phil, einen Bart trug, würde sich schon noch eine Erklärung finden. Schließlich hatte die Kanzlerin auch in der Vergangenheit oft genug bewiesen, für Überraschungen gut zu sein. Ob das nun ein plötzlicher Meinungswechsel von heute auf morgen war oder ein tief eingeschnittenes Dekolleté ... also weshalb sollte sie sich nicht einen Damenbart zugelegt haben? In der Unterhaltungsbranche war das inzwischen Gang und Gäbe. Schließlich hatte sie das Wahlvolk gut zu unterhalten.

Selbst diejenigen, die in dem Eingetretenen, den eindeutig falschen Kandidaten erkannten, wagten nicht, dies zu bekunden. Wegen der Karriere und so. Also nahm das Wunder, von dem eingangs bereits die Rede war, seinen Lauf. Phil wurde vor die Kamera geschoben, musste Interviews geben, wurde über das Wahlergebnis befragt und welche Meinung er zu dem und dem habe und überhaupt, wie es mit Deutschland und der Welt jetzt weitergehen solle, bei diesem eindeutigem Ergebnis. Und Phil tat seine Meinung kund. Und die Welt staunte. Doch ehe wir davon berichten wollen, sei erst einmal das Geschehen dieses Tages zu Ende beschrieben, wie es sich hinter der Türe abspielte und bald auch vor der Türe. Aber davon bekam Phil in all dem Blitzlichtgewitter und Gejubele nichts mit.

Die echte Kanzlerin lag also am Boden. Freilich drang der aufbrausende Jubel auch an ihre Ohren. Sie wunderte sich. Lief da etwas schief? Oder war es nur der allgemeine Jubel über das fantastische Wahlergebnis, zu welchem ihre unhaltbaren Wahlversprechen geführt hatte und die Phil draußen vor der Türe treuherzig und im guten Glauben, der Kanzlerin einen Gefallen zu tun, für die er ebenfalls im guten Glauben glaubte, stellvertretend für sie im Rampenlicht zu stehen, bestätigte. Wusste er sie doch draußen außer Gefecht und sich außer Stande, ihr in all dem Trubel Hilfe zu besorgen. Außerdem hatte ihn die zuversichtlich heitere Stimmung solcherart mitgerissen, dass er sich nur noch einmal kurz an sein eigentliches Anliegen erinnerte, ihr Hilfe zu besorgen. Selbst gewählt zu werden fand er jetzt viel schöner als selbst wählen zu gehen. Also machte er sich gute Hoffnung, dass es bei ihr doch nicht so schlimm sein würde. Das mit dem Fuß. Dann hatte Phil sie vergessen.

Wie gesagt, Phil bestätigte alle ihre Wahlversprechen. Sie hingegen rappelte sich auf und trat durch besagte Kanzlerinnentür. Anfangs bemerkte sie keiner. Sie schob sich durch die hintersten Reihen. Sie vernahm, was Phil verkündete. Davon angespornt, ihren eisernen Willen zur Macht nun einsetzend, ebenso wie gleichgestählte Ellbogen, Phil das ihrer Ansicht nach böswillige Ergreifen der Macht, samt aller bestätigenden Wahlversprechen doch noch irgendwie zu verhindern, rempelte sie sich vor. Dabei konnte es nicht ausbleiben dass die wahre Kanzlerin erkannt wurde. Aber darauf hinzuweisen hätte die ganze Situation als ziemlich schräg offenbart und somit auch die untertänige Zuwendung der Zujubelnden zum vermeintlichen Sieger verraten. Also setzten sie ihre

kühlen Machtinstinkte samt Ellbogen ein rempelten und schubsten die echte Kanzlerin gnadenlos zurück … bis sie recht ramponiert erneut hinter der Türe landete, die Tor ihres größten Triumphes werden sollte.

Und Phil bestätigte Wahlversprechen um Wahlversprechen vor laufenden Kameras bis...: bis ein Telefon klingelte. Ihr Sekretär D. Hessling nahm ab. Er wusste, wenn dieses Telefon klingelte, dann kam der Anruf von ganz oben, von ganz, ganz weit oben und das hieß, von *„Freunden"* und deren Präsident persönlich. Woher sollte er auch wissen, welch seltsame Fäden das Schicksal strickte, oder waren es nur unachtsame Sekretärinnen, die ganz konkrete Fäden zu Pullovern spannen (und dabei wahllos Anrufe durchstellten). Womöglich Übergelaufene von den Grünen? Ganz egal. Jedenfalls, höchst würdevoll nahm Sekretär D. Hessling ab, drückte die Lautsprechertaste, damit auch die Mikrophone der laufenden Kameras diesen historischen Augenblick mitbekämen. Es wurde andächtig still. Gleich würde ER sprechen! Aber die Stimme eines kleinen Kindes schallte in die heiligen Hallen des Kanzlerinnenamtes und verkündete schlicht: *„Aber, sie ist ja ein Mann!"*

Somit war Phil längste Zeit Kanzlerin gewesen, und trotzdem hinter vorgehaltener Hand getuschelt, eine sehr erhebende.

PS:
Augenblicklich stand Phil im Dunklen. Alle Aufmerksamkeit wandte sich der erneut durch die Tür taumelnde Kanzlerin zu. Alle jubelten und trugen

sie auf Händen und alles war wieder gut. Weder die Kanzlerin sollte jemals ein Wort über dieses Geschehen verlieren, sie brauchte ihre Speichellecker ebenso wie andersherum, wie selbige sie.

Und weil längst alle digitalisierten Liveübertragungen aus Sicherheitsgründen und bei strengster Geheimhaltung je nach Bedarf mit Höchstgeschwindigkeitscomputern sehgewohnheitengerecht bearbeitet wurden, drang von diesem Geschehen nie etwas an die Öffentlichkeit, was Phil ganz egal war. Er war Kanzlerin gewesen, wie er nach Jahren begriff und das allen zählte. Seine Enkel und Urenkel jubelten über die frechen Märchen die Opa Phil immer erzählte und allein das zählte für Phil. *„Wirklich wahr ist, was wirklich wahr ist"*, das hatte Phil in seinem langen Leben begriffen, *„und was nicht wahr ist, ist auch nicht wahr."*

Was dann wieder wahr ist!

*

Phils Reise ohne Fahrausweis

Tiegelbild 13 |

Phil fuhr am liebsten mit der Bahn. Schon als Kind liebte er es, einfach nur am Fenster zu sitzen und hinaus zu schauen. Besonders nachts mochte er hinter dem Vorhang des Schlafwagenabteils hervor nach draußen zu blicken. Einmal bei einer der wenigen Fahrten ans Meer kam eine Brücke. Die beleuchteten Boote, deren Strahlen die Wellen zu tausend Sterne zersprühten, vergaß er niemals. Oder der Halt im Leipziger Hauptbahnhof und dort mit dem Vater auszusteigen, um etwas zu trinken zu finden. Die Angst dabei, den Zug zu verpassen und doch die Lust zu erleben, am Limonadenautomat den Knopf für Himbeere oder Waldmeister zu drücken. Die nächtliche Müdigkeit, das grelle Licht in der riesigen Halle und dabei den Automaten rumpeln zu hören. Der Becher polterte und fiel exakt in eine Halterung. Dann brummte es und farbiger Sirup floss heraus und dann sprudelte Wasser dazu. Himmlisch. Und nachts konnte er auch mit seinen Ohren den Schienenstößen lauschen. Manchmal schloss er seine Augen, und hörte an dem sich andauernd verändernden Abstand der Geräusche, wie schnell der Zug fuhr. Jetzt ging das nicht mehr, bedauerte Phil, es gab keine Stöße. Er öffnete seine Augen. Die Landschaft raste vorbei. Phil versuchte seinen Kopf so schnell zu drehen, wie der

Zug fuhr. Manchmal gelang es ihm auf diese Weise, auch gleich neben den Gleisen etwas zu erkennen.

Jetzt führte sein Verhalten dazu, von einer Hand auf der Schulter berührt zu werden. Phil fuhr zusammen. Ängstlich drehte er sich um und blickte in den strengen Blick einer uniformierten Frau. Polizei, dachte Phil, Bahnpolizei und atmete erleichtert aus. Letztere galten zwar als ganz harte Hunde, aber das berührte Phil nicht. Er hatte keine Ahnung von so etwas. Wie er war, begegnete er allen, auch Uniformierten mit gleicher Unbedarftheit. Also lächelte Phil freundlich und offenherzig. Ein schlechtes Gewissen, wie es vielen anderen Menschen beim Anblick Uniformierter kam, war Phil noch gänzlich fremd. Dieser Uniformierten aber auf ihre Weise nicht, und so vermutete sie hinter Phils herzlichem Verhalten eine ganz fiese Nummer, um schwarz zu fahren. Trotzdem setzte sie ein recht freundliches Lächeln auf. Worin freilich ein fundamentaler Unterschied zu Phils ehrlichem Gesichtsausdruck bestand. Die Schaffnerin, um die es sich handelte, nutzte ihre Freundlichkeit als Chance, um Schwarzfahrer zu entlarven … und ihren Ärger für diese dämliche Arbeit abzuleiten. Auf Schwarzfahrer eben. Phil nutzte seine Freundlichkeit aber nicht, um etwas anderes damit zu erreichen, sondern er war freundlich von seinem Wesen her.

Einschmeichelnd forderte die nun weniger streng blickende Beamtin Phil auf, seine Fahrkarte vorzuweisen. *„Würden Sie mir bitte ihren gültigen Fahrausweis zeigen?"*, säuselte sie. Allerdings hatte Phil noch nie etwas von einem „*Fahrausweis*" gehört, einem Ausweis zum Fahren. Solche gab es doch gar nicht!

Früher, bei sich zu Hause und auch später, da er sich aufgemacht hatte, Arbeit zu finden und daher in vielen Wohnungen und manchmal auch nur auf Bänken sein zu Hause fand, hieß es immer nur Fahrkarte. Anderes kannte er nicht. Phil überlegte angestrengt. Was die vor ihm Stehende und leicht mit den Füßen wippende Dame auf ihre Weise deutete. Innerlich jubelnd über die vermeintliche und zielsichere Entdeckung eines offensichtlich lohnenswerten Opfers ergänzte sie nun das Wippen mit einem gleichförmigen Fallenlassen ihres Kugelschreibers auf eine Mappe. Wobei der Stift in immer niedrigeren Abständen hüpfte. Derweil kramte Phil in seinem Gedächtnis, anstatt seine gültige Fahrkarte hervorzukramen. Über die er zweifelsfrei verfügte, aber eben keinen Zusammenhang mit einem Ausweis herstellen konnte. Inzwischen war der „*freundliche*" Gesichtsausdruck der Schaffnerin einem triumphierenden Lächeln gewichen. „*Wir haben wohl keinen?*", fragte sie rau, kaum mehr ihren Erfolg für sich behalten könnend. Doch Phil antwortete mitfühlend, wie anders auch: „*Sie wohl auch nicht?*"

Das verwirrte die Dame durchaus. Eine solche Gegenfrage war ihr noch nie vorgekommen. Also schwand auch noch das allerletzte bisschen aufgesetzter Freundlichkeit. Wütend blaffte sie: „*Stellen Sie sich nicht so blöd an. Zeigen Sie mir endlich den Ausweis.*"

Phil, der jetzt endlich wieder verstand, wonach sie verlangte, zeigte ihr seinen Ausweis. Also, was für ihn einer war. Ein Personalausweis und nichts anderes. Das hatte er von seinem Vater gelernt. *„Junge"*, hatte der gesagt, *„wenn Du wirklich mal groß werden solltest, dann trage immer Deinen Ausweis bei Dir. Das ist der Personalausweis."*

Als die verbeamtete Schaffnerin nun rote Flecken am Hals bekam, was Phil durchaus für hilflosen Zorn hielt, tat sie ihm erst recht leid. Wenn sie nicht einmal so etwas einfaches gelernt bekommen hatte, wie das mit dem Personalausweis, musste sie eine ganz schlimme Kindheit gehabt haben. Da konnte die Arme überhaupt nicht wissen, dass es keine Fahrausweise gab. Phil erhob sich und umarmte sie. Auf so etwas hatte sie nun wirklich niemand vorbereitet. Gewaltausbrüche, ja, daraufhin hatte sie trainiert, aber das hier, nein! Ihre Verwirrung steigerte sich durch Phils weiche, zuredende Sprache sowie sein Streicheln ihres Kopfes noch. Also verlor sie vollends die Fassung und weinte. Schluchzend stieß sie hervor, er sei doch ein ertappter Schwarzfahrer und solle es doch endlich zugeben. Sie heulte wie ein Schlosshund. Irgendwann gelang es Phil doch, sie zu beruhigen. Sie lösten sich von einander. Ihr war es peinlich. Phil nicht. Warum auch? Ihr Gesicht zeigte wieder die gewohnte Fassung. Endlich geschafft! Phil freute sich reinen Herzens, sie gestärkt zu haben. Womit er jedoch nicht rechnete. Sie wurde nun echt hart. Die Schwäche musste offenbar verdrängt werden. Also schrie sie: *„Als Schwarzfahrer haben Sie 45,- Euro zu zahlen."* Dabei tippte sie eifrig etwas in ein Kästchen aus dem bald ratternd ein

Zettelchen erschien. Die Quittung. Aber damit war Phil überhaupt nicht einverstanden. Er war noch nie schwarz gefahren. Auch heute nicht. Seine Kleidung war immer äußerst farbenfroh. Eine solche Behauptung durfte Phil nicht auf sich sitzen lassen. Da kannte er keinen Spaß. Er und schwarz fahren. Das hatte noch niemand von ihm behauptet. Also entgegnete er nun seinerseits und bestimmt: *„Ich fahre bunt! Das zahle ich nicht!"*

Entgeistert blickte ihn die innerlich angeschlagene Beamtin an. Hatte sie einen Verrückten vor sich? Das konnte womöglich echt gefährlich werden. Verrückte waren unberechenbar. Außerdem brauchten diese keinen Fahrausweis. Sie klappte ihre Mappe mit Fahrausweisdrucker zu. Dann lief sie davon.

„Halt!", rief ihr aber Phil hinterher. Sie lief weiter. Nur nicht umdrehen, schoss es ihr durch den Kopf. Einfach weitergehen. Nichts anmerken lassen. Alles ist ganz normal. Gleich habe ich die Tür erreicht und dahinter ist mein Abteil. Das kann ich abschließen. Aber soweit kam sie nicht. Phils Hand legte sich auf ihre Schulter. Entsetzt blieb sie stehen, rührte sich nicht. Was nun? Ihre Bluse war völlig durchgeschwitzt. Phils Hand ruhte weiterhin auf ihrer Schulter. Sie wusste, sie musste sich umdrehen. So hatte sie es trainiert. Und in die Augen des Angreifers blicken. Auch wenn sie wenig Hoffnung hegte, bei einem Verrückten damit Erfolg zu haben. Sie blickte hoch, auf das Schlimmste gefasst. Aber folgendes war zu viel für sie. Phil fragte sie treuherzig: *„Wollen Sie nicht meine Fahrkarte kontrollieren?"*

Augenblicklich bemächtigte sich ihr eine süße Ohnmacht. Wodurch sie nicht mehr bewusst erlebte, wie fürsorglich und geistesgegenwärtig sie von Phil aufgefangen und in ihr Abteil behutsam nieder gelegt wurde.

Schade, dachte Phil, wir hätten uns bestimmt gut verstanden, sie und ich, aber gleich ins Bett gehe ich nun wirklich nicht. Das hat mir meine Mama verboten. *„Mein Kind"*, sagte sie zu ihm, *„hüte Dich vor jungen Frauen. Die haben nur eins im Kopf, unschuldige Jungs ... na, Du weißt schon."* Nun, Phil wusste damals nicht und heute auch nicht. Aber das war ihm egal. Wenn Mama sagte, er solle sich hüten, dann hütete er sich. Basta. Und verschwand.

Zufrieden und dankbar schloss er die Abteiltür der Schaffnerin und zog die Notbremse. Ob nun mit Absicht oder um sich festzuhalten, konnte er später nicht mehr mit Bestimmtheit sagen. Aber es fragte ihn niemand und so war es sowieso egal. Phil stieg aus und verschwand im Nebel.

*

Phil Beulentiegel

PHILS ERSTES MAL

Phils Jugendgeheimnis Nummer 6 |

Phil hatte sich verliebt. Jawohl! Das kam nicht wie ein Unwetter über ihn. Nein, ganz und gar nicht. Phil beschloss, sich zu verlieben und so verliebte er sich. Nicht, dass Phil noch nie ein Auge auf eine schöne Frau geworfen hätte. Aber nie war es die Richtige. Einmal war sie zu groß, ein andermal zu dünn, dann zu blond, zu laut oder zu leise. Damit hatte es sich. Aber tief drinnen in Phil wusste es einer besser. Er war zu schüchtern. Er traute sich nicht. Der Kloß im Hals und die feuchten Hände ließen ihn stets zurückschrecken. Bis heute morgen. Phil erwachte und wusste, was zu tun sei. Praktisch, wie er war, setzte er sich ein Ziel. Er würde bis fünf zählen. Und dann sich in die Fünfte verlieben, der er begegnete. Punkt.

Also zählte Phil bei jeder entgegen kommenden, die ihm wenigstens ein bisschen gefiel. Bei den Anderen blickte er intensiv beiseite. Zum Beispiel in ein Schaufenster. Eins – trau mich nicht. Zwei – trau mich nicht. ... Fünf – *„Ich liebe Dich!"* Sprach's und zog seinen Kopf ein in Erwartung des auf die Erde stürzenden Himmels. Wie gern wäre er in die Erde gesprungen, die sich gnädig für ihn öffnete. Aber sie blieb fest und Phil stand da und erwartete die schallende Ohrfeige. Oder schlimmer noch, schallendes Ausgelächter. Seine Augen fest geschlossen. Es raschelte. Wärme auf seinem Gesicht. Ein Kuss. Phil fiel in Ohnmacht.

Als Phil erwachte, war er nicht nur glücklich. Er hatte auch etwas für sein Leben gelernt!

Mut zum Wagnis.

*

PHILS WAHRE ERLEBNISSE MIT DER BÜROKRATIE

Tiegelbild 23 |

Um Himmels Willen, was mach ich nur? Phil grübelte über einem Formular. Formulare nervten. Aber das hier war die Krönung. Phil hatte sich vorgenommen zu verreisen. Nach Amerika. In die USA, um genau zu sein. Als Kind schmökerte Phil Westernheftchen. William Tex und so was. Das war Freiheit für den kleinen Phil. Einfach mal zwanzig Ganoven umlegen und jeder purzelte lustig von alleine in den Brunnen. Und das war Amerika. Barmiezen, Whiskey und Gerechtigkeit.

Jetzt war Phil groß. Jetzt wollte er nicht mehr länger warten. Und nun das. Ein fürchterliches Antrags-Formular um in das gelobte Land einreisen zu dürfen. Anfangs war es noch einfach, Name, Geschlecht, Geburtstag. Auch die Fragen nach seinen Eltern schaffte er spielend. Auch wenn er sich an seinen Großvater erinnert fühlte. Der zog in Momenten großer Sentimentalität ein graues Heftchen aus einem Versteck, was er für geheim hielt und blätterte schwärmend mit Phil darin. „Ahnenpass" stand darauf und ein schöner Adler mit einem lustigen Kreuzchen in seinen Klauen war daneben zu sehen. Zumindest meinte Opa, dass es lustig sei. Er habe viel Spaß gehabt, damals. Und überhaupt hätte es ja viel Gutes gegeben, damals. Dass dabei so ziemlich ganz Europa kaputt gegangen sei, naja, da müsse man halt mal ein Auge zudrücken. Aber dafür war dann Platz für schöne breite Straßen. So schwärmte Opa und blätterte mit Phil in diesem Heftchen, der nichts verstand, außer, wie paradiesisch es damals im Vergleich zu heute gewesen sein musste. Wenn er davon erzählte, wie er noch jung war und sie viel Spaß dabei hatten, ganze verbrecherische Familien in Brunnenschächte zu schicken.

Phil schüttelte die Erinnerungen ab. Jetzt galt es sich zu konzentrieren. Da half Opa gar nicht weiter. Oder doch?

Phil füllte aus, bis er nach seiner Staatsbürgerschaft befragt wurde. Opa meinte, wir lebten in einem Reich in den Grenzen von 1939. Reichsbürger. Also tippte Phil ins Online-Formular: *„Deutsches Reich".* Dann allerhand Nummern und Zahlen. Auch das war kein Problem. Aber was sollte er bei der Frage nach den Krankheiten eintragen? Phil erinnerte sich erneut. Opa meinte, ein Deutscher wird nicht krank. Also kreuzte Phil diese Frage mit Nein an.

„Wurden Sie jemals aufgrund eines Verbrechens verhaftet oder verurteilt, das zu schweren Sachbeschädigungen, einer schweren Schädigung einer anderen Personen oder einer Behörde geführt hat?", las Phil und überlegte. Was hatte Opa gesagt: *„Junge, ich bin*

bis Moskau und zurück gelaufen. Alles zu Fuß. Kein Stein blieb auf dem anderen. Das war was!" Und Opas Augen leuchteten. „Keiner hat mich gekriegt. Warum auch?", fragte Opa an dieser Stelle immer: „Wir haben alles nur gemacht, um unsere Frauen vor den Asiaten zu schützen." Opa machte eine Pause und beugte sich zu Klein Phil vor als er weitersprach: „Und das ist doch kein Verbrechen, oder Phil?" Phil schüttelte damals seinen Kopf und machte es auch jetzt, da er reinsten Herzens „Nein" klickte. Die Sache auf dem Arbeitsamt und mit dem Krankenwagen, die konnten erst recht keine Verbrechen gewesen sein.

So ging es weiter: „Nein. Nein. Nein. Nein". Zufrieden, ein so guter Mensch zu sein, überflog Phil noch einmal das Formular und stutzte. So viele Neins! Das war nicht gut. In seiner Erinnerung ging die Tür auf und Oma kam herein. „Na, Alter, erzählst Du wieder Deine Münchhausengeschichten? Etappenhengst, mehr nicht! Pah." Phil konnte damit nichts anfangen. Sein Opa winkte nur ab und schwieg beleidigt. Dann sprach sie zu Phil: „Wenn Du es einmal weiter bringen willst, wie Dein Großvater", Phil nickte eifrig, das war sein Traum, noch weiter als er zu kommen, „sag ja, wo es nur geht." Begeistert blickte er ihr hinterher, wie sie nicht nur wieder aus der Tür verschwand sondern auch aus seinen Erinnerungen. Aber was sollte er jetzt machen? Da waren einmal Opas Weisheiten. Und die von Oma. Phil überlegte. Was stand hier gleich noch einmal? „Haben Sie geplant, sich an terroristischen Aktivitäten, Spionage oder Völkermord zu beteiligen bzw. haben Sie sich jemals daran beteiligt?" Er brauchte wenigstens ein „Ja". Das war er seiner Oma schuldig. Opas wahre Weisheiten halfen jetzt nicht weiter. Opa würde hier glatt alles leugnen, selbst wenn er es vorgehabt hätte. So war Opa. Phil erinnerte sich an ein Gespräch mit ihm, an dessen flammende Rede, als ihn Phil darauf angesprochen hatte, wie das mit den vielen toten Menschen war, im Zweiten Weltkrieg und so. *„50 Millionen? Pah! Alles Lüge. Die waren alle zu blöd. Wir haben nur in die Luft geschossen. Was konnten wir dafür, wenn die nicht aufpassten und in die Schusslinie liefen?"* Klein Phil staunte.

Jetzt würde es ihm aber nichts nützen. Wenigstens ein „Ja" musste her. Opa würde mit Nein geantwortet haben, das war klar. Opa antwortete immer mit „Nein", wenn es um seinen geliebten 2. Weltkrieg ging. Phil grübelte.

Plötzlich hatte Phil eine Erleuchtung. Nicht, dass er während seiner Schulzeit wirklich anwesend war, geistig selten, körperlich manchmal schon. Aber das Fach mit der Geschichte, das mochte er. Also war er in dieser Stunde immer voll anwesend. Ganzheitlich! Deshalb konnte er jetzt auch reinen Gewissens diese

Frage nach dem Völkermord mit einem klaren „*Ja*" beantworten. Phil hatte gelernt, was der amerikanische Präsident verkündete, als er den Befehl zur Bombardierung von Jugoslawien gab und später in vielen anderen Kriegereien, wie im Irak: „*Wir müssen die Menschenrechte schützen.*" Phil hatte die Weisheit, ja göttliche Schläue dieses hohen Herren sehr beeindruckt. Menschen vor ihrer Vertreibung oder Vergiftung zu bewahren, indem er ihnen ein geschütztes Plätzchen auf dem Friedhof zukommen ließ. Darauf musste man erstmal kommen. Und wenn ein Präsident so menschenfreundliche Sachen für ganze Völker machte, dann würde er Phils „*Ja*" an dieser Stelle sicherlich zu würdigen wissen und Phil höchstpersönlich erlauben, in sein Land einzureisen. Schließlich gehe es dabei um die Rettung der Menschenrechte, der westlichen Werte von Humanität und Aufklärung. Und da wollte Phil nicht abseits stehen!

Wie dumm diese Frage nicht nur war, sondern auch wie verräterisch, darauf kam Phil in seiner schlichten Menschenfreundlichkeit gar nicht.

Natürlich wunderte sich Phil, weshalb er umgehend nach Absenden des Formulars Besuch bekam. Solchen hatte er nicht erwartet. Männer betraten seine Wohnung, schweigend zumeist und ohne anzuklopfen. Wie unhöflich. Sie gaben ihm fünf Minuten das nötigste einzupacken. Für Phil kein Problem. Sein Rucksack lag bereits fix und fertig bereit. Vorfreude eben. Unten wartete eine feine Limousine auf Phil. Sogar ein Chauffeur hielt ihm die Türe auf. Beidseitig gewärmt, wie freundlich wurde Phil davon gefahren. Sicherlich zum Flughafen. Er freute sich und staunte, wie weit die unbegrenzten Möglichkeiten seines Traumlandes reichten. Was für ein Service! Nur eins wunderte Phil, weshalb seine Begleitung deutsche Herren zu sein schienen. Aber er nahm's hin. Tatsächlich erreichten sie den Flughafen. Phil wurde gleich am Haupteingang vorbei geführt. Phil freute sich immer mehr, wie leicht jetzt alles lief. Auch der Flug verlief reibungslos und auch die Landung. Endlich, er war drüben, angekommen, in Gottes eigenem Land. Phils Begeisterung kannte keine Grenzen. Er umarmte seine Begleiter, die sich gerade verabschiedeten. Andere warteten bereits auf ihn. Aha, Fremdenführer, dachte Phil.

PS:
Und so kam es, dass Phil beim Betreten der Vereinigten Staaten mit landestypischen Geräuschen quietschenden Reifen und brüllenden Megafonen in Gewahrsam genommen wurde. Fast wie in meinen Schmökern, freute sich Phil und begrüßte die zornig drein blickenden Beamten äußerst höflich, fast wie gute Bekannte.

Was Phil nicht ahnte, diese Frage mit „Ja" zu beantworten, war gar nicht gern gesehen, schließlich musste die Fassade von den menschlichen westlichen Werten aufrechterhalten werden. Also wurde er in eins der unsichtbaren Gefängnisse rund um den Erd-

Phil Beulentiegel

ball verbracht und dort in eine kleine Zelle gesteckt.

Ganz für mich, begeisterte sich Phil. Darin lag, für seinen Geschmack ein sehr schöner orangener Overall bereit und sogar, sicherlich für kalte Tage, eine dunkle, schwarze Zipfelmütze. Nur leider war vergessen worden, den Gesichtsbereich freizuhalten. Sicherlich würde er sie umtauschen können. Dessen war sich Phil gewiss, hier in diesem Land seiner Träume und bei so guten und zuvorkommenden Menschen.

Wie es Phil im weiteren erging, ob er mit lebenslänglich, elektrischem Stuhl oder Abschiebung in ein illegales Gefängnis zu rechnen hatte, wissen wir noch nicht, ebenso wenig ob er endlich Arbeit findet oder ob weitere Berichte über Phils Abenteuer auftauchen werden.

Aber wir dürfen auf die Zukunft gespannt sein.

*

PHILS ENDE ODER RÜCKSPIEGEL?

PHILS KÖNIGLICHE ZUKUNFT ODER WIE PHIL MENSCHEN VON UNMENSCHEN UNTERSCHIED

Coronas Spiegelei 1 |

Phil staunte. An diesem Morgen der Ruhe. Hin und wider gestört von einigen dröhnenden Fahrzeugen. Von Menschen keine Spur. Phil las einen Aushang der städtischen Anschlagtafel. Gleich zu Anfang entdeckte Phil, was ihn so staunen ließ. Außerdem brauchte er eine Weile, ehe er seinen offen stehenden Mund wieder zuklappte, um ihn gleich darauf wieder zu öffnen. Er musste sich selbst laut vorlesen, was da stand, um zu glauben, was es hieß. Also hörte er dem zu, was er hörte:

„Allgemeinverfügung – 1. Öffentliche und nichtöffentliche Veranstaltungen sowie sonstige Ansammlungen, bei denen es zu einer Begegnung von Menschen kommt, sowie Versammlungen unabhängig von der Zahl der Teilnehmenden sind untersagt."

„Hörst Du das?", fragte sich Phil, was er nicht leugnen konnte. Er überlegte, wie das zu verstehen sei: Versammlungen seien verboten, bei denen Menschen zusammen kommen. Können Autos zusammen kommen? Davon hatte er noch nichts gehört. Vielleicht automatische? Aber, überlegte Phil weiter, was haben die sich schon zu sagen. *„Hm"*, kratzte er sich ans Kinn.

Eine vertrackte Sache. Plötzlich sprühte er Funken, als ihm dämmerte. Einige sengten ihn kleine Löchlein in sein Hemd, so wie Wunderkerzen es können. Er kümmerte sich nicht darum. Er hatte begriffen, was da eigentlich gemeint war, in dieser Verordnung, was er sogleich laut aussprach: *„Unmenschen, Unmenschen dürfen sich versammeln!"* Anfangs, freilich nur kurz, freute ihn seine Erkenntnis, bis ihm klar wurde, was das hieß. Abwechselnd wurde ihm warm und kalt, erinnerte er sich jetzt seiner weisen Oma, die häufig mit erhobener Stimme zu Klein-Phil sagte: *„Pass auf die Unmenschen auf, mein Junge, das sind die die Dir Dein Spielzeugauto wegnehmen und Dir weismachen, das sei das Beste für Dich."* Phil lernte recht schnell, was sie damit meinte. Aber nicht so schnell als dass er auch nur noch ein Spielzeug besaß. *„Das ist gemein"*, schimpfte Phil laut und wischte das Bild seiner leeren Spielzeugkiste beiseite. Das würde er denen nicht noch einmal erlauben! Und als guter Mensch wollte er auch andere, vor allem Kinder vor der Unmenschen Gemeinheit bewahren. *„Da haben sich diese Unmenschen aber einen raffinierten Trick einfallen lassen. Sie lassen Menschen nicht zusammen kommen und dann schleichen sie sich auf die Spielplätze und klauen das Spielzeug."*

Damit ihm ja nichts entgehe, setzte er sich eine Brille auf die Nase und suchte, ob er nicht entdecke, wer diese Unmenschen seien. Er wurde schnell fündig, stand doch gleich darunter ganz klar geschrieben:

„Ausgenommen sind:
a) Veranstaltungen der Sächsischen Staatsregierung, der Ministerien des Freistaats Sachsen, des Sächsischen Verfassungsgerichtshofs, der Gerichte und der Staatsanwaltschaften des Freistaats Sachsen, der Behörden des Freistaats Sachsen, anderer Hoheitsträger (insbesondere Behörden des Bundes) sowie anderer Stellen oder Einrichtungen, die öffentlich-rechtliche Aufgaben wahrnehmen."

„Aha!", sagte Phil, *„denen werd ich's zeigen."* Woraufhin Phil seine Brille von der Nase nahm, zur Bushaltestelle lief, um sich aufzumachen, den Unmenschen ihr Handwerk zu legen. Ob ihm das gelang, können wir noch nicht sagen, dazu verging erst zu wenig Zeit. Was wir aber mit Sicherheit berichten können, sei Ihnen nicht vorenthalten.

Phil erreichte die Sächsische Staatsregierung, also das Gebäude, in dem sie sich verschanzt hatte. Davor wachten seltsame Gestalten, in weißen Hüllen, die Gesichter ganz vermummt. Soso, dachte Phil, schon hier die ersten. Das Phil so schnell auf Unmenschen stoßen würde, hatte er gar nicht zu hoffen gewagt. Freundlich lief er auf sie zu und sprach:
„Ich lade Sie ein zu einer öffentlichen und nichtöffentlichen Versammlung."
Beide Gestalten blickten sich stumm an, ehe eine kurz und zackig brüllte: *„Verboten!"*
„Iwo", entgegnete Phil, *„das Verbot gilt nur für Menschen."*

Erneut blickten sich die Vermummten an und erneut die zackige Stimme: „*Sind wir!*"

„*Aber nein*", tröstete Phil, „*sind sie nicht!*"

Woraufhin sich die Haltung der beiden irgendwie veränderte. War es Unruhe? Fühlten sie sich beleidigt? Phil bemerkte es schon, konnte es aber nicht einordnen. Also entschied er, es als Bescheidenheit zu deuten. Also versuchte er erneut, diese davon zu überzeugen, Unmenschen zu sein.

„*Hier*", sagte Phil und tippte auf die Allgemeinverfügung, die er von der Anschlagtafel abgenommen hatte, „*hier steht's anders. – Oder gehören Sie nicht zur Sächsischen Staatsregierung?*"

Beide nickten heftig und sagten zu gleich: „*Doch, doch.*"

„*Na also*", fuhr Phil erleichtert fort, „*doch Unmenschen!*"

Beide schüttelten verneinend den Kopf.

Phil meinte ungehalten: „*Wie denn nun?*"

„*Menschen*", sprachen beide, zackig, „*und ...*" weiter kamen sie nicht, weil Phil sie unterbrach: „*Dann dürfen Sie hier nicht stehen.*"

„*Doch*", kam es wieder aus der beiden, unsichtbaren Münder, „*hier ist die Staatsregierung!*"

„*Sag ich doch*", brüllte Phil nun echt genervt und fügte hinzu: „*Unmenschen also, nur Unmenschen dürfen sich versammeln.*"

„*Nein, nein*", erhoben nun ihrerseits Beide die Stimmen, „*Menschen.*"

Das war genug für Phil. Er verlor die Geduld, kramte in seiner Tasche und schnäuzte sich gewaltig in ein Taschentuch, was einst andere, hellere Tage erlebt haben mochte. Anschließend schüttelte er es heftig aus. Nachdem er es sorgfältig zusammen gelegt hatte und zurück in die Hosentasche gestopft, wandte er sich erneut zu diesen beiden Gestalten zu. Doch umsonst, sie waren verschwunden. Na also, dachte Phil, doch Menschen und recht brave dazu. Weshalb sonst hätten sie die Versammlung aufgelöst? Mit diesen Gedanken öffnete er die schwere Tür der Staatsregierung und trat ein.

Phils Zukunft oder Phils Exklusiv-Interview mit Frau Corona!

Coronas Spiegelei 2 |

Phil liebte seine Oma über alles. So wundert es nicht, dass Phil ihre Weisheiten unerschütterlich für wahr hielt. Da gab es nichts zu wackeln. Einer ihrer Lieblingssprüche lautete: Lieber hundertmal reden als einmal schießen. Das Phils Opa da ganz anderer Meinung war, tut hier nichts zur Sache. Jedenfalls wunderte sich Phil eines abends über die Nachrichten: Ein unsichtbarer Feind sei unterwegs, es herrsche Krieg gegen ihn und er rücke immer näher.

Phil trat der Schweiß auf die Stirn. Langsam, im Schneckentempo, spreizte Phil seine Beine. Langsam senkte er seinen Oberkörper nach vorn und blickte zwischen seine Beine hindurch unters Sofa. Nichts! Die Nachricht stimmte. Erleichtert atmete Phil tief ein. Und da hatte er schon gedacht, dieser feine Mensch, dieser Präsident hätte ihn angelogen. Der Feind war tatsächlich unsichtbar. Sonst hätte Phil ihn unterm Sofa gefunden.

Phil wollte sich gerade entspannt zurücklehnen, als ihn ein neuer Gedanke ins Schwitzen brachte. Was aber, so dachte Phil, wenn auf diesen unsichtbaren Feind geschossen wird, einfach so ins Unsichtbare hinein? Wenn das daneben geht, kann das doch glatt ins Auge gehen, in das eines Freundes vom unsichtbaren Feind. Denn auch Feinde, das wusste Phil genau, haben Freunde. Und Freunden darf man doch nichts antun. Fieberhaft grübelte Phil, bis er sich an Omas Spruch erinnerte, sich lieber zu unterhalten. Also legte sich Phil auf den Fußboden und begann zu sprechen.

„Du, Du unsichtbarer Feind, ich habe gar nichts gegen Dich!"

Schweigen. Aber Phil gab nicht auf. Unsichtbare Feinde waren sicherlich auch unhörbar. Und weil Phil ein Lieblingsbuch hatte, eins über einen kleinen Prinzen, wusste er, dass man mit dem Herzen neben dem Sehen auch besser hören konnte. Ganz klar. Phil legte seine Hand aufs Herz und sprach erneut:

„Wie heißt Du eigentlich?" Und das Wunder geschah, Phil hörte ihn, den unsichtbaren, unhörbaren, ganz unmöglichen Feind.

„Corona", antwortete der unsichtbare Feind.

„Was für schöner Name, Krone!", entgegnete Phil.

Der unsichtbare Feind seufzte, was Phil als schwermütigen Gemütszustand begriff. So hatte seine Urgroßmutter mütterlicherseits geseufzt.

„Dir geht es nicht gut?", fragte Phil mitfühlend, die Sache mit dem unsichtbaren Feind gleich völlig vergessend.

„Ach", antwortete der, *„Du bist ja der erste, der mit mir spricht. Alle andern schießen gleich."*

Phil war entsetzt und empörte sich: *„Aber meine Oma ..."* wurde jedoch vom unsichtbaren Feind unterbrochen:

„Deine Oma ist eine weise Frau. Darum ist sie auch so alt und gesund, weil sie spricht und mich meine Leben leben lässt."

„Hä?", fragte Phil, der grad gar nichts verstand.

Woraufhin der Unsichtbare erklärte: *„Ist doch ganz einfach, wer gern Leuten begegnet, hält mich am Leben und hilft mir, meine Aufgabe zu erfüllen."*

Nun war Phil total von der Rolle. Er schrie: *„Du elende menschenvernichtende Seuche, Du Mörder, Du, Du unsichtbarer, näherrückender Feind, Du, Du …!"*

Der Unsichtbare schwieg. Phil beruhigte sich nach und nach, bis er sich an sein Herz erinnerte und nur damit gut hören könne. Stotternd fragte er kleinlaut: *„Wie meinst Du das?"* Womit Phil das tat, was ihm seine Oma lehrte und, was jeder tun sollte, ehe er schießt. Darum vernahm er auch wieder den unsichtbaren Feind: *„Euch gesund erhalten!"*

„Da brat mir doch einen Storch!", platzte Phil heraus. Eine Redewendung, die er kürzlich erst bei seiner Lektüre des köstlichen Baron von Münchhausen aufgeschnappt hatte.

„Das muss nicht gleich sein, denke an die Vogelgrippe", erinnerte ihn der Feind augenzwinkernd, wie Phil vermeinte, wahrzunehmen. Nach einer kurzen Pause fuhr der Unsichtbare fort: *„Weißt Du, wenn Du mich und meine unsichtbaren Verwandten einfach nur machen lässt, dann kannst Du wie alle Menschen mit dem Leben Schritt halten."*

Phil zog eine Augenbraue hoch und fragte: *„Hat das Leben Beine?"*

Der Unsichtbare schmunzelte ohne auf die Frage einzugehen und erklärte weiter: *„Ich und meinesgleichen sind Verwandlungskünstler. Uns ist einfach langweilig, immer nur im gleichen Kostüm herumzuschwirren. Das weiß eigentlich jedes Kind, also jeder Körper, meine ich."*

Jetzt staunte Phil ehrlichen Herzens. Außerdem, pfiffig wie er auch sein konnte, meinte er: *„Dann habe ich gar keine Chance gesund zu bleiben. Du ziehst Dir ein anderes Hemd an und schwups sterbe ich, weil ich Dich übersehe."* Phil machte eine begreifende Geste. *„Ah, jetzt hab ich's, darum nennt Euch der feine Präsident ‚unsichtbar"*.

Aufgeregt entgegnete der unsichtbare Feind, auf Phils Sprechweise eingehend: *„Nein, nein, so ist das nicht. Der unsichtbare Feind ist nur im Kopf dieses feinen Mannes, der viel Raum für solche Feinde bietet. Schließlich ist er Präsident und Präsidenten haben immer die größten Köpfe."*

„Was, nur die Männer? Unser aller Kanzlerin doch auch!", schimpfte Phil und ergänzte: *„Du also auch, ein Frauenhasser!"*

„Freilich, auch sie", bestätigte der Unsichtbare nachsichtig. Dann erklärte er: *„Ihr, ich meine Euer Körper kennt sich damit aus, dass wir uns gern neu anziehen. Zwar schläft er manchmal ein bisschen und ist müde oder auch schwach, dann bemerkt er uns nicht gleich und wird etwas krank. Das ist fast wie ein Versteckspiel, was wir da gemeinsam treiben. Mal sind wir die besseren Verkleider, mal Ihr die schärferen Entdecker."*

Phil staunte und bettelte: „*Auch fein, darf ich da mitmachen?*"

„*Machst Du doch längst … und Deine Oma auch!*", bestätigte der Virus.

„*Hä?*", räusperte sich Phil.

„*Darum warst Du noch nie wirklich gefährlich krank!*"

„*Warum?*", begehrte Phil zu wissen.

„*Begreifst Du es immer noch nicht? Viele schwächere Krankheiten durchzumachen, hilft zumeist schlimmere zu vermeiden. Das ist doch das Spiel, was wir beide brauchen. Und das klappt nur, wenn Du und alle Menschen zueinander kommt, Euch begegnet, anstatt so Einzeln zu leben und einsam zu sein und lieber liebevoll Bildschirme streichelt, wie Ihr es seit langem seid und tut.*"

„*Du lügst*", polterte Phil, „*ich nicht!*"

„*Sag ich doch!*"

Phil beruhigte sich, woraufhin ihm dämmerte: „*Dann, ja, dann liegt der feine Mann ganz falsch und auch die gute Frau in der Hauptstadt?*"

„*Klar*", bestätigte der Unsichtbare, „*Ihr müsst zueinander finden und mich und meinesgleichen ohne Unterlass zwischen Euch auf Tröpfchen hin und her hüpfen lassen. Das macht uns Spaß und hält Euch lebendig.*"

„*Wie Münchhausen auf der Kanonenkugel*", freute sich Phil, „*und unser Körper vergisst nicht, dass Ihr Euch für Euer Leben gern verkleidet!*"

„*Genau! Jetzt hast Du's.*"

„*Aber*", meinte Phil, „*dann bist Du gar kein unsichtbarer Feind?*"

„Unsichtbar schon, aber kein Feind! Ich werde nur gefährlich dort, wo Menschen nicht mehr zusammenkommen, einsam sind und das oft viele Jahre, wenn nicht ein Leben lang! Sie vergessen, dass wir uns verändern und sie nur gesund bleiben, wenn sie sich selbst durch uns verändern ...“

„... also lebendig bleiben.“, brachte Phil den Satz zu Ende.

„Ja, Menschen können Einzeln nicht, sie werden krank davon. Wir sind an Euren Händen und Eurer Spucke genau so unverzichtbar, wie meine Verwandten in Euren Därmen.“ Der Unsichtbare machte eine Pause, um zu überlegen. „Aber die bekriegt und mordet Ihr ja auch schon seit langem, kein Wunder, wenn ich mit meiner schönen Krone manchen von Euch gefährlich werden kann.“

„Da bist Du also ein Geschenk des Himmels?“, seufzte Phil traurig, „dem jetzt so schlimm mitgespielt wird.“

„Keine Bange“, meinte der Kronenvirus, „wir halten länger durch!“

„Gott sei dank!“, sprach Phil erleichtert und hob seinen Kopf samt Oberkörper, um sich erschöpft und doch zufrieden aufs Sofa zu setzen. Dort vernahm er recht leise noch einmal die Stimme des unsichtbaren Freundes, wie er ihn jetzt im Stillen nannte. Sie sagte:

„Eins macht mich doch traurig. Wenn wir Unsichtbaren unser Werk trotz aller Widerstände und Waffengewalt gegen uns für Euer Wohlergehen getan haben, werden genau diejenigen sagen, die diesen Krieg führen, recht behalten, den unsichtbaren Feind wirksam nieder gerungen zu haben. Ich meine, uns ist das eigentlich gleich, aber auch wir haben ein Herz. Darum schmerzt es uns, wie aufwändig Ihr Menschen alles unternehmt, Euch immer kranker und immer blinder für unseren lebenswichtigen Kleiderwechsel zu machen. Wollt Ihr lebendig bleiben, müsst Ihr zusammenfinden, sonst verliert Ihr Euer Menschsein." Dann herrschte Schweigen.

Phil hockte da, still, staunend und etwas weiser. „Sie werden mich für einen Narren halten, Einen Eulenspiegel", murmelte Phil betrübt, „womöglich werden sie mich bestrafen, sogar einsperren, weil ich angeblich Fäk njus verbreite."

Nachdenkpause.

„Und sie werden jeden Einzelnen noch mehr vereinzeln, dafür Applaus ernten und dabei mit schiefem Lächeln Husten."

Nachdenkpause.

„Und schließlich sagen: ganz für Euer Wohlergehen ist es das beste, wir bringen uns alle um, dann besteht keine Gefahr mehr, an unsichtbaren Feinden zu sterben."

Woraufhin Phil begann zu weinen. Er beweinte nicht sich, aber er beweinte all die fröhlichen Kinder, all die einsamen Alten, er beweinte die frisch verliebten und er beweinte die Mütter und Väter und überhaupt sogar die, wie den feinen Mann im Nachbarland und die gute Mutti in der Hauptstadt, wegen des wichtigsten Verlustes, was Menschen haben, die Lust auf Gemeinschaft, die Liebe zueinander.

„*Danke, Du gekrönter König, Du mein unsichtbarer Freund, für Deinen Rat und Deine Menschlichkeit. Ich werde es weitersagen, auch wenn man mich für einen Narren hält.*"

PS:
In diesem Augenblick war Phil womöglich der am wenigsten närrische Mensch unter so vielen Narren.

PHILS ZUKUNFT ODER WIE PHIL EIN EIS LECKTE UND OHNE ABSICHT ZUM LEUGNER WURDE

Coronas Spiegelei 9$^{3/4}$ |

Phil lügt nicht. Er weiß überhaupt nicht, was das ist. Darum kann er es auch nicht, lügen. Und aus gleichem Grund glaubt er immer genau das, was andere sagen. Ganz wörtlich, was durchaus zu gewissen Missverständnissen führen kann. Fragt Phil zum Beispiel nach, ob er sich für ein köstliches Vanilleeis an einer Schlange wartender Menschen anstellen solle und der Befragte antwortet: *„Stell Dich nicht so an, mach einfach!"*, dann stellt sich Phil eben nicht an sondern drängelt sich vor. Das kann einen schon aus der Fassung bringen, wie jüngst als Phil unter erschwerten Bedingungen ein Eis essen wollte. Erschwerte Bedingungen wegen der offiziell formulierten **A+H+A-Regel** also der Abstands+Hygiene+Alltagsmasken-Regel. Oder war es die ebenso offiziell angeordnete **A+H+A-L+A-Formel**, übersetzt die Abstands+Hygiene+Alltagsmasken+Lüften+WarnApp-Formel? Ganz gleich, Phil erlebte eine weitere Formel, die **A+H+A-L+A+1ML+E50ML-Formel***). Das kam so:

Phil: *„Eine Vanille-Eiskugel bitte."*
Eisverkäufer: *„A+H+A!"*
Phil: *„Wie bitte?"*

Der Eisverkäufer machte nur eine unwillige Handbewegung, indem er um seinen Mund herum wedelte.

Phil glaubte zu verstehen: *„Ganz schön heiß, was?"*

Eisverkäufer: *„Maske, Mensch!"*

Phil fragt treuherzig, wie es seine Art ist und kein bisschen ironisch: *„Ist heute Fasching?"* Was der Eisverkäufer erwartungsgemäß nicht verstand. Darum schnauzte der:

„Willst mich verarschen, was?"

Woraufhin sich Phil mit allerlei Verrenkungen herumdrehte, um seinen Hintern in den Blick zu bekommen. Als ihm das nicht gelang, meinte er: *„Nein, geht nicht!"*

Inzwischen war eine an dem Geschehen interessierte Menschenmenge zusammengekommen, um zu sehen, wie es weiter gehen würde. Was natürlich auch dem Eisverkäufer nicht entgangen war und sich aus Sorge um seinen Ruf entschied, weiteres Aufsehen zu vermeiden, indem er Phil eine Eiskugel im Waffeltütchen in die Hand drückte. So wies er nun übertrieben freundlich auf die neueste Corona-Formel hin: *„Aber A+H+A-L+A+1ML+E50ML beachten!"*

Phil verstand nichts, war aber längst damit beschäftigt, gleich einmal an seinem Eis zu lecken. Hm, schmeckte ihm das gut. Schon streckte er seine Zunge ein weiteres Mal heraus, etwa im Abstand von eins-Komma-fünf Meter vom Eisverkäufer entfernt. Dennoch sprang augenblicklich ein, in Phils Augen lustig in verschiedenen Blautönen gekleideter Mann aus dem Gebüsch neben den Eisverkaufsstand.

„*Aha*", entfuhr es Phil, „*also doch Fasching*" und leckte genüsslich ein zweites Mal an seinem Eis. Was auch nötig geworden war, um das bereits zu laufen beginnende Eis nicht auf sein neues Hemd tropfen zu lassen. Was besagter Mann offenbar verhindern wollte, weil er aufgeregt rief: „*Stopp!*"

Phil wunderte sich nur, weshalb jener versuchte, mit bloßen Worten das Eis zum Verharren auf der Waffel bewegen zu wollen. Wie dumm! Entsprechend sprach ihn Phil an: „*Aber, guter Mann, das geht doch so nicht, sondern so!*" Wobei Phil ein weiteres, nun zum dritten Mal und immer noch in einem Abstand von ein-Meter-fünfzig sein Eis beleckte.

Nun lief jener Mann puderrot an und schrie: „*Los, 50 Meter fort laufen!*"

Phil traute seinen Ohren nicht, vermutete daher die Folgen einer kürzlich besuchten Faschingsparty. Und weil Phil von seiner Oma gelernt hatte, Betrunkene könnten durchaus unvernünftig reagieren, sprach Phil mit seiner sanftmütigsten Stimme und so, wie man es mit kleinen Kindern zu tun pflegt: „*Aber ... guter ... Mann, so weit ist das beim besten Willen nicht zu schaffen.*" Und Phil meinte, das Eis könne niemals so weit laufen. Aber der Polizist, um welchen es sich handelte glaubte nun, Phil wolle sich der hochoffiziellen neuen Corona-Formel für Eisläden verweigern, die da besagte, es dürfe am Eisstand nur einmal geleckt werden und dann erst wieder bei einem Abstand von 50 Metern zu diesem.

Lächelnd und dem Polizisten – welchen Phil immer noch für einen angetrunkenen Faschingsnarren hielt – die Wange tätschelnd fragte er ihn sanftmütig: *„Willst Du auch mal?"* Eben so, wie seiner Omas zweitem Ratschlag im Umgang mit Betrunkenen lautete, lieber alles zu teilen anstatt eine Ohrfeige gelangt zu bekommen.

Aber in diesem Fall half das nichts sondern es geschah wundersames. Blitzschnell langte der Polizist, ich will ihm nun der Einfachheit halber so nennen, mit einer Hand nach Phils freiem Arm und dreht ihn nach hinten. Phil schrie schmerzhaft auf und beugte sich dabei nach vorn. Dabei fiel ihm das Eis aus der Hand und dem Polizisten auf die Uniform, welche, wie bereits erwähnt, Phil für ein Faschingskostüm hielt. Daraufhin verlor der Ordnungshüter völlig seine Fassung und schrie ein weiteres mal, freilich ironisch: *„Jetzt kannste gleich noch mein Hemd ablecken."* Aber Phil verstand keine Ironie, weshalb Phil das, wie wir wissen, wörtlich verstehen musste. Also ließ er sich nicht zweimal auffordern und leckte kurz entschlossen am blauen Stoff des Polizisten herum. Nur etwas trübte den Genuss des Vanille-Eises, der nach hinten gedrehte Arm. *„Aua"*, wimmerte Phil und entwand sich dem Griff so geschickt, wie er es als Kind gelernt hatte, um sich der großen Jungs zu erwehren. Die schikanierten ihn gern wegen seiner etwas anderen Art. Jüngst hatte er einige von denen sogar im Fernsehen gesehen – mit ernster Miene und in feinen Anzügen – irgendwelche Regeln verkündend. Aber Phil hatte wegen des früheren Ärgers mit ihnen gar nicht hingehört. Wie damals lief Phil auch jetzt lieber davon, auch das hatte er von seiner Oma gelernt bekommen. „*Junge*", hatte sie gesagt, „*lauf lieber davon als gegen die Wand.*" Leider gab es damals noch keine Wände, welche sich bewegen konnten, wie jene, die nun auf ihn zu kam. Es war eine Hundertschaft der Polizei, welche offenbar ihrem Kollegen zu Hilfe eilte. Als Phil seinen Irrtum bemerkte, atmete er erleichtert auf. Jetzt wird's lustig, dachte er, eine großes Männerballett, bestimmt auch von der Faschingsparty.

Also sprach Phil sie an: „*Gut das Ihr kommt, Euren Kollegen zu holen. Der schlägt etwas über die Stränge.*" Wobei Phil sie verschwörerisch zwinkernd anlächelte und mit dem Arm das Trinken einer Bierflasche andeutete. Weshalb sie jedoch ihn anstatt den vermeintlich betrunkenen Narren fassten und in ein vergittertes Auto sperrten, sollte Phil erst viel später erfahren.

Sehr viel später, in einer fernen oder vielleicht ganz nahen Zeit als wieder Fragen gestellt wurden, weshalb Eis lecken polizeilich kontrolliert ein zweites Mal erst im Abstand von 50 Metern erlaubt sei und ganze Hundertschaften feiernde Menschen jagten anstatt rechtzeitige Hochwasserwarnungen ernst zu nehmen oder Diebstähle als Nebensächlichkeiten zu den Akten zu legen oder darauf achteten, Menschen mit Masken den Atem zu rauben oder Krieg für grünen Friedensdienst verkündeten oder oder oder …

*) PS:
Entgegen der beiden anderen Regeln ist die „A+H+A-L+A+1ML+E50MLFormel" zwar von mir als Zeichen-Formel frei erfunden, aber nach mehre-

ren glaubwürdigen Aussagen jedoch vom Inhalt her
tatsächlich administrativ genau so angeordnet worden
und besagt demnach, dass nur einmal am Eisverkauf
am Eis geleckt werden darf und das zweite mal erst im
Abstand von 50 Metern. Und sollte sie so nicht exis-
tieren, finden sich dennoch mehr als genug abstruse
Anordnungen, die das völlige Gegenteil von dem her-
vorbringen, was sie angeblich fern halten sollen: zum
Beispiel per Mundschutz Mikroben, Pilze und Viren,
welcher in Wirklichkeit aber erst recht als Treibhaus
für diese fungiert.

PHILS Krone oder Fragen an sein Spieglein in der Hand